Anne reparou na formiga, fez careta e disse:

– Ai, meu Deus, isso é nojento! A Starbucks é uma grande corporação; deveriam ter padrões de higiene mais altos.

Então ela pegou um guardanapo e ergueu a mão para esmagar o inseto.

Scott agarrou-a pelo pulso antes que ela pudesse matar a formiga e disse:

– Jamais faça isso.

– Quê? – Anne parecia confusa.

– Matar uma formiga por querer. – Scott disse. – Quer dizer, pisar numa formiga por acidente na rua é uma coisa, algumas tragédias não podem ser evitadas, mas quando você faz de propósito, é o mesmo que assassinato.

– Tá brincando comigo, né? – ela perguntou.

– Parece que eu tô brincando?

– Me solta, por favor.

Scott soltou o pulso da moça. Bem, lá se foi o grande encontro.

Ele sabia que sua reação pareceria bizarra para ela, até maluca, mas não pôde evitar a pergunta:

– O que você tem contra formigas?

– Como?

– Você estava prestes a assassinar essa formiga – ele disse.

– Assassinar?

– Matar, extinguir... Como queira.

– É só uma formiga.

– É isso que você diria se eu pegasse o seu cachorro ou gato e tentasse matar? É só um gato? É só um cachorro?

– Por favor, diga que isso é brincadeira – ela disse.

Scott, agora mais chateado, disse:

– Então você estava mentindo quando colocou no seu perfil que adora animais e acredita em... como você colocou? Ah, certo, "bondade para com os outros". É assim que você expressa a sua bondade?

HOMEM-FORMIGA
INIMIGO NATURAL

HOMEM-INIMIGO NATURAL

UMA HISTÓRIA DO UNIVERSO MARVEL

JASON STARR

FORMIGA
IGO
URAL

novo século®

São Paulo, 2018

Ant-Man: Natural Enemy
Published by Marvel Worldwide, Inc., a subsidiary of Marvel Entertainment, LLC.

Equipe Novo Século

EDITORIAL
Jacob Paes
João Paulo Putini
Nair Ferraz
Rebeca Lacerda
Renata de Mello do Vale
Vitor Donofrio

TRADUÇÃO
Caio Pereira

PREPARAÇÃO
Paulo Ferro Junior

P. GRÁFICO E DIAGRAMAÇÃO
João Paulo Putini
Vitor Donofrio

REVISÃO
Samuel Vidilli

CAPA
Vitor Donofrio

ILUSTRAÇÃO DE CAPA
Will Conrad

Equipe Marvel Worldwide, Inc.

VP, PRODUÇÃO & PROJETOS ESPECIAIS
Jeff Youngquist
EDITORA-ASSISTENTE
Caitlin O'Connell
GERENTE, PUBLICAÇÕES LICENCIADAS
Sven Larsen
SVP PRINT, VENDAS & MARKETING
David Gabriel
EDITOR-CHEFE
C.B. Cebulski
PRESIDENTE
Dan Buckley
DIRETOR DE ARTE
Joe Quesada
PRODUTOR EXECUTIVO
Alan Fine
EDITOR
Stuart Moore

Texto de acordo com as normas do Novo Acordo Ortográfico da Língua Portuguesa (1990), em vigor desde 1º de janeiro de 2009.

Dados Internacionais de Catalogação na Publicação (CIP)
(Câmara Brasileira do Livro, SP, Brasil)

Starr, Jason
Homem-Formiga: inimigo natural
Jason Starr; [tradução Caio Pereira].
Barueri, SP: Novo Século Editora, 2015. (Coleção Slim Edition)

Título original: Ant-Man: natural enemy

1. Fição norte-americana 2. Super-heróis I. Título. II. Série

15-10429 CDD-813

Índice para catálogo sistemático:
1. Ficção: Literatura norte-americana 813

NOVO SÉCULO EDITORA LTDA.
Alameda Araguaia, 2190 – Bloco A – 11º andar – Conjunto 1111
CEP 06455-000 – Alphaville Industrial, Barueri – SP – Brasil
Tel.: (11) 3699-7107 | Fax: (11) 3699-7323
www.novoseculo.com.br | atendimento@novoseculo.com.br

Para Chynna Skye Starr.

"O mundo bajula o elefante e pisa em cima da formiga."

Provérbio hindu

PRÓLOGO

WILLIE DUGAN rastejava por um túnel escuro – enquanto fugia da Prisão Estadual Attica no norte do estado de Nova York, onde ficara enfiado por nove anos – quando Keith, um dos caras que fugia com ele, disse:

– Tô preso, velho.

– Quê?

Willie tinha ouvido muito bem – só não quis acreditar.

– Eu falei que tô preso – disse Keith. – Não consigo me mexer.

– Tenta, cara – disse Willie.

– Eu *tô* tentando, brother. Não consigo. Não dá, não dá.

Willie tentou empurrá-lo para frente, mas o túnel era tão apertado que ele não conseguiu fazer muita força. Só podia ter acontecido alguma coisa no teto; devia ter afundado. Keith era grandalhão – talvez mais de um e oitenta de altura, uns cem quilos –, mas não era gordo. Deveria passar facilmente pelo túnel.

– Você tem que continuar – disse Willie. – Cava o chão, abra mais espaço.

– Tô tentando, brother. Mas o chão parece feito de aço aqui.

– Tenta mais.

Willie contou até dez mentalmente, tentando não entrar em pânico nem pensar nas piores possibilidades. E então ele disse:

– Tá certo, tenta de novo.

– Ainda não consigo, Willie. – Keith parecia prestes a chorar. – Desculpa, brother, desculpa.

– Só cala essa boca e tenta – Willie retrucou.

– Não dá. Não dá, velho, não dá.

– Tenta, cacete. – Willie juntou todas as suas forças para empurrar. – Anda, vai, cava! – era o que ele dizia, mas Keith não desentalava.

Agora as piores possibilidades começavam a se insinuar para Willie. Não havia muito ar no túnel, principalmente com Keith sorvendo-o aos montes, então havia a chance de Willie morrer sufocado. Ou pior: e se o encontrassem vivo ali e o arrastassem de volta para a prisão? Ele ia parar na solitária por ter organizado a fuga, e nunca mais teria chance de sair.

Aquele era o momento, sua única chance – era tudo ou nada. Se ele não escapasse naquela noite, seria o fim da linha; ele morreria de velhice na prisão, a não ser que arranjasse um modo de se matar.

É, se o trouxessem de volta, o suicídio seria definitivamente a única saída.

Willie tentou empurrar Keith de novo. Foi quando sentiu algo atingir sua cabeça – um pedaço do teto do túnel.

Keith disse as palavras que bem poderiam ser os próprios pensamentos de Willie:

– Tá cedendo, tá cedendo!

Seria assim que Willie ia morrer? Seria essa a última piada de Deus? Se o mandassem escolher entre ser enterrado vivo e voltar para a cadeia, Willie teria escolhido a primeira. Mas não planejava ter que escolher entre alguma dessas opções.

Não havia gasto nove anos nesse túnel – todo o planejamento, todo o trabalho – para terminar daquele jeito. Ele usou toda sua força para empurrar Keith para frente.

– Vai! Mais rápido! – gritou ele.

O túnel desmoronava; devia ter mais de dois centímetros de terra em cima da cabeça dele. Willie não fazia ideia de quanto faltava rastejar para que saíssem dali. Se estivessem a um minuto da saída, talvez tivessem chance. Talvez. O túnel estava desmoronando tão rápido que dava para ouvir, como o começo de uma avalanche. E então veio o baque, atrás dele, onde Keith estivera entalado momentos antes. Seriam enterrados se ficassem ali, mas Willie não estava pensando nisso. Ele só pensava em ir para frente, em sair da escuridão.

– Mais rápido! – ele gritou novamente. – Anda!

Ouviram mais um baque atrás deles. Todo o túnel começou a desabar. Era terra para todo lado – por cima de todo seu corpo, dentro de sua boca, nos seus olhos. E então ele sentiu o solo abaixo de si começar a inclinar para cima.

Ele continuou cavando. Se ainda podia cavar, isso significava que ainda estava vivo.

E então, enquanto o túnel desabava, ele sentiu algo diferente – grama, grama de verdade. O buraco tinha pouco mais de um metro de extensão, uma versão maior de um buraco de marmota. Suas mãos escorregaram no orvalho algumas vezes, mas ele finalmente conseguiu içar-se para cima, saindo do túnel. Ignorando a ardência nos olhos, viu uma luz: vinha de um poste de iluminação a uns cinquenta metros dali. Não parou para pensar no quão perto estivera da morte. Embora seu corpo estivesse duro feito pedra e ele mal enxergasse o que havia na frente, sabia que não podia perder tempo. Viu Keith e os outros três caras se dispersando à frente, e tomou a rota pré-planejada: correu pela estrada por cerca de quatrocentos metros, depois pegou a esquerda numa rua estreita e a direita dois quarteirões depois. Finalmente parou numa esquina e ficou esperando.

Dois minutos depois, viu os faróis de um carro que se aproximava, bem na hora combinada. Após o quase desastre no túnel, estava tudo dando certo. Tinha bastante dinheiro guardado – dinheiro com o qual poderia se manter pelo resto da vida. Faltavam umas cinco horas para a hora de acordar, quando os guardas descobririam sobre a fuga. Tempo suficiente para ir ao Canadá, usar um passaporte canadense falso e voar até Belize, depois para o Kuwait, e então àquela ilha no sul do Pacífico.

Ele poderia fazer tudo isso, mas não faria. Tinha gasto energia demais ao longo dos nove anos em que sonhara com esse dia. A liberdade era incrível, mas havia uma coisa que acertaria tudo, que o faria verdadeiramente feliz.

Sim, era hora da vingança.

1

ANTHONY HAWKINS, vinte e dois anos, usando um gorro preto com abertura para os olhos, entrou no bar na 3ª avenida com a rua 128, sacou a arma – uma Glock nove-milímetros, a mesma que usara em todo seu festival de assaltos pela cidade de Nova York –, apontou para o senhor de idade atrás do balcão e disse:

– Passa tudo aí.

– Deixa disso, garoto – disse o cara, sotaque espanhol, fala arrastada. – Você não vai ficar rico me roubando.

Anthony reparou na câmera, apontada direto para ele no canto perto da porta. Atirou uma vez, errou. Atirou de novo, dessa vez acertou, estilhaçando a câmera.

Uma mulher nos fundos – ele não sabia que tinha mais gente na loja – gritou.

Anthony, nervoso, berrou em direção ao corredor:

– Ei, você, sai daí agora!

A senhora oriental, assustada, chorando, foi até a frente da loja com os braços erguidos. Então Anthony viu o velho pegar alguma coisa atrás do balcão – uma arma, talvez.

Anthony apontou a Glock para ele e gritou:

– O caixa! Faz a limpa agora mesmo, ou mato vocês dois, eu juro!

E então ele ouviu:

– Larga a arma, Anthony!

A voz era alta e clara, mas de onde tinha vindo? Ainda apontando a arma para o senhor atrás do balcão, Anthony virou o olhar para a porta. Esperava ver um policial, mas não havia ninguém ali.

– Quem disse isso? – ele berrou. Depois voltou-se para o velho. – Tem mais alguém na loja?

– Não, eu juro – respondeu o idoso.

– Tá, mas tem alguém falando comigo – disse Anthony. – E a pessoa sabe o meu nome.

– Deixe-os em paz, Anthony – disse a voz. – Abaixe a arma, deixe o homem chamar a polícia, e não vai se machucar. É sua melhor opção no momento. Na verdade, sua única opção.

A voz pareceu mais próxima dessa vez, poucos metros distante, mas ainda não havia ninguém por perto. *Que diabos?* Anthony estava assustado, sua arma tremia.

– Que tá acontecendo? – ele perguntou. – Tem alguém aí? Tá escondido em algum lugar?

– Vou pedir pela última vez. – A voz falou ainda mais perto. – Abaixe a arma, e então vai poder voltar pra prisão e cumprir a pena que merece. Se você não baixar a arma, vai voltar pra prisão mesmo assim, mas depois de passar umas semanas no hospital.

Então assim que é ficar louco?, pensou Anthony. Estava escutando vozes. Que diabos estava acontecendo, afinal? Seria trancado de novo – mas dessa vez não seria em uma cadeia, mas num hospício.

– Cala a boca! – ele gritou, talvez para si mesmo.

O senhor e a senhora asiática fitavam Anthony como se ele fosse mesmo louco.

– Estão olhando o quê? – Anthony perguntou.

Foi quando seu gorro saiu da cabeça, como se alguém o arrancasse, mas não havia ninguém ali. Anthony, chocado e confuso, disse:

– Mas como...

Antes que pudesse completar o protesto, sentiu uma dor no rosto, como se tivesse levado um soco repentino. E então tombou de costas na prateleira, e as latas de comida caíram por cima dele e se espalharam pelo chão.

Acabou derrubando a arma. E quando tentou alcançá-la, ela escorregou para longe de sua mão, indo parar perto da entrada da loja – como se alguém a tivesse chutado. Mas não tinha ninguém ali.

Então não eram mais só as vozes. Agora as coisas estavam começando a se mexer sozinhas, e ele havia imaginado que tinha levado aquele soco na cara? Mas se foi apenas imaginação, como é que doeu daquele jeito? E, caramba, porque seu nariz estava sangrando?

– Olha, eu te dei uma chance – disse a voz –, mas você preferiu fazer do jeito mais difícil, então esse é o jeito mais difícil.

– Quem... quem disse isso? – Anthony perguntou com a voz trêmula. Então sua cabeça voou para a direita, como se alguém acabasse de lhe atingir com um disparo de arma de pressão à queima-roupa em sua bochecha esquerda.

– Ei, olha aqui – disse a voz. O som parecia vir de perto de sua barriga.

Anthony olhou para baixo, e alguma coisa acertou-lhe o queixo. Sua cabeça tombou para cima das latas mais uma vez.

– Eu disse aqui – a voz repetiu, dessa vez a poucos centímetros de seu rosto. E então alguma coisa acertou-lhe a testa, ele se sentiu tonto e toda a loja começou a girar.

– Foi você quem pediu – disse a voz.

Anthony quis dizer que não tinha pedido nada, mas não conseguia mover os lábios.

Toda vez que o rapaz tentava se levantar, alguma coisa o atingia e ele tornava a cair. Foi quando ouviu as sirenes, cada vez mais altas.

– Eu adoraria ficar – disse a voz –, mas tenho outro encontro no centro.

Ao sair da loja, Scott Lang – da sua perspectiva de um homem de quatro centímetros de altura – viu as viaturas da polícia parando no meio-fio. Enquanto os policiais saíam às pressas, Scott disparou pela calçada, que, de sua mínima perspectiva, era do tamanho de uma grande praça. E então ele saltou do meio-fio, que foi como pular da janela do segundo andar. Pousou em pé e continuou, passando por entre dois colossais carros estacionados.

Scott prometera a Hank Pym que não abusaria da tecnologia do Homem-Formiga – o que significava não usá-la por motivos triviais, como escapar do trânsito. Mas uma vez ou outra, quando estava com pressa, por que não?

Quando um táxi se aproximou, Scott saltou no para-choque e segurou-se com suas mãos e pés superfortes. Saltar de carro em carro como Homem-Formiga era o jeito mais rápido de se chegar a qualquer lugar. Ele se agarrou ao teto do táxi, que começou a virar à direita na rua 125; em seguida saltou para o para-brisa de outro carro – uma picape branca. Deu de cara com o enorme rosto irritado do motorista, que pensou que ele fosse um mero inseto que pousara à sua frente. Era sempre muito perigoso para Scott permanecer tão perto do olhar de outra pessoa por tanto tempo – a pessoa poderia notar que ele não era um inseto, mas sim uma miniatura de homem metido num traje vermelho e cinza. Ouviu um chiado muito alto, virou-se e viu a imensa lâmina do limpador vindo na sua direção. Pouco antes do impacto ele saltou e pousou no teto da picape.

Scott seguiu na picape até a 116ª, e então pulou num carro que ia para o leste pela Rodovia FDR. Trânsito livre. O carro o levou pelo centro até o East Village. Então, pulando sobre os tetos de carros, caminhões e ônibus, ele seguiu até o Starbucks da Astor com a Lafayette.

Apesar de ter feito a viagem em tempo recorde, continuava atrasado. Não dava para voltar ao seu tamanho normal em público, então ele correu para a cafeteria, desviando dos sapatos, tênis e botas que via pela frente como se estivesse numa partida de Frogger. Havia uma fila no banheiro dos fregueses, então ele disparou por debaixo da porta do banheiro onde havia uma placa dizendo "Somente funcionários". Trazia consigo uma muda de roupa previamente encolhida numa bolsa acoplada ao traje do Homem-Formiga. Vestiu a calça jeans, as botas e a camisa de flanela, depois ativou o gás expansor Pym. Logo estava de volta ao tamanho natural. Uma barista do Starbucks – uma jovem asiática – entrou no banheiro e congelou.

– Como você entrou aqui? – ela perguntou.

– Hã, a porta estava destrancada – Scott disse.

– Os clientes não podem usar esse banheiro – ela disse.

– Desculpe, não vai acontecer novamente – Scott respondeu.

Scott saiu correndo e seguiu para seu encontro.

2

EM UMA MESA LOGO NA ENTRADA, perto da janela que dava a Astor, a paquera de Scott disse:

– Meu nome é Anne, com "e", mas meus amigos me chamam de Annie.

Scott a conhecera pelo Tinder – é, hoje em dia os super-heróis também andam namorando pela internet. De que outro jeito um ocupado pai solteiro conseguiria conhecer alguém na cidade grande? Scott havia curtido as fotos de Anne – ela parecia moderna, com jeito de quem parece não se esforçar para isso, tinha cabelo escuro, franja, usava óculos grandões e estilosos da Warby Parker – e os dois pareciam estar em situações de vida similares. Ela havia acabado de se divorciar, tinha um filho de doze anos – dois anos mais novo que a filha de Scott, Cassie – e escrevera no perfil que procurava por "algo leve, porém significativo", algo que basicamente resumia o ideal que Scott tinha de relacionamento perfeito. Fazia poucos meses que a última relação de Scott – com Regina, a hipnoterapeuta maníaco-depressiva – terminara, e só agora ele voltava à ativa, tentando conhecer gente nova.

Scott ficou contente por Anne se parecer bastante com o que vira nas fotos, o que nem sempre acontece quando se trata de namoro pela internet. Desde o divórcio, Scott saíra com mulheres que afirmavam ter a mesma idade que ele, mas no fim das contas eram mais velhas que sua mãe. O encontro acabou tomando um rumo desagradável quando Anne passou os primeiros dez minutos falando das dificuldades do divórcio e de como odiava o ex-marido, e os dez minutos seguintes explicando os negócios que ela "algum dia" pretendia começar – design de joias, mercado imobiliário, Reiki – e claro, contou também que queria escrever um livro sobre a separação por ter "tantas histórias malucas pra contar". Mas atualmente, apesar de todos esses planos grandiosos, a moça não estava fazendo muito – a não ser odiar o marido.

Scott quase não disse nada sobre si mesmo. Ficou tentando inventar uma boa desculpa pra ir embora, mas ela não havia tomado nem metade do café gelado. Achou que seria grosseiro inventar uma história e sair naquele momento, mas seria muito fácil. Estava com a roupa do Homem-Formiga por baixo das outras, o que lhe daria a fuga perfeita para encontros ruins como aquele: bastaria ativar as partículas Pym do traje e *puff*, praticamente desapareceria.

– Tá, maiores medos – disse ela.

– Como? – Scott perguntou.

– Quais são seus maiores medos? – ela perguntou. – Você primeiro.

Scott não estava nem um pouco a fim de entrar naquela brincadeira – só queria ir pra casa ficar com a filha. Mas pelo menos não estavam mais falando do divórcio de Anne.

– Humm, pergunta difícil – disse ele. – Acho que você não espera ouvir as respostas óbvias como, da morte, de um holocausto nuclear, invasão alienígena.

– Você tem medo dessas coisas?

– Não, na verdade não.

Scott sorriu, mas ela continuou séria. Aparentemente, não entendeu o sarcasmo – segunda tentativa. Ele deu um belo gole do seu café, torcendo para que o gesto a encorajasse a tomar o dela mais rápido, mas a bebida continuava parada no mesmo nível, como uma ampulheta entupida.

– Então, você tem medo do quê? – ela perguntou.

– Tá, de fracassar – Scott respondeu. – Tenho medo de fracassar.

– Humm, boa – ela disse. – Como naqueles sonhos em que a gente tá no colégio e tem uma prova importante e temos medo de não passar. Odeio esses sonhos.

– Estava pensando em algo mais psicológico – Scott explicou. – Tipo, fracassar enquanto homem, fracassar enquanto pai.

– Ah – disse ela, e então, iluminando-se: – Sabe qual é o meu maior medo?

– Pode falar – disse Scott.

– Meu maior medo é que o próximo cara com quem eu me case seja igualzinho ao meu ex.

E lá foi ela voltar a falar do divórcio de novo.

– Jura? – disse Scott. – É esse o seu maior medo?

– Você mencionou o lado psicológico – disse ela. – Bom, eu acredito que as pessoas acabam agindo conforme padrões antigos. Saem com as mesmas pessoas, cometem os mesmos erros repetidas vezes. Quer dizer, tomemos você, por exemplo. O que eu sei sobre você? Sei que o seu nome é Scott, que você tem uma filha e que é bonitinho, mas o que eu sei *mesmo*? Tá entendendo? Você pode estar escondendo alguma coisa, ter um segredo sombrio. Quer dizer, ninguém conta tudo no primeiro encontro, né? Então pode ser que tenha, sei lá, tipo uma bomba, uma revelação, uma coisa que você só vai contar lá pelo quinto encontro... e nesse ponto eu já vou estar superenvolvida emocionalmente, e vou ficar possessa por não ter sacado mais cedo. Sinais de alerta, é disso que eu estou falando. Tenho medo de não captar os sinais de alerta. E você?

Scott tinha se distraído. *Bonitinho? Que história é essa?*

– Desculpa, qual foi a pergunta?

– Qual é o seu maior segredo? – Anne perguntou.

Essa tinha sido a pergunta?

– Hã, uau, que pergunta difícil – disse Scott. Ele tinha um uniforme por baixo das roupas que lhe dava a habilidade de encolher e ficar do tamanho de uma formiga, além de ganhar força sobre-humana. Pode-se dizer que isso é um baita dum segredo.

– Anda – disse ela. – Eu sei quando um cara tem segredos. Você com certeza tem um passado. Dá pra ver nos seus olhos.

Oh, não... será que ela era telepata? Depois do casinho que teve com a Emma Frost dos X-Men no ano anterior, ele fizera um trato consigo mesmo: chega de mutantes, chega de mulheres saidinhas, moderninhas. Queria uma pessoa normal, sem drama. Querer isso em Nova York? – Era melhor esperar sentado, filhão.

– Tá, já percebi que estou te deixando desconfortável – disse a moça. – Vou colocar de outro jeito. O que você esconde? Qual é seu maior arrependimento?

Essa era fácil: sua vida passada de crimes. Ultimamente, andava sendo muito bem-sucedido em deixar essa parte complicada do passado para trás, tentando se redimir lutando ao lado dos mocinhos. Mas ainda se sentia culpado por algumas das coisas que fez quando era mais jovem, e preferia não ficar revirando essas lembranças – principalmente num primeiro encontro.

– Hã, que tal você responder essa primeiro? – ele pediu.

– Tá bom – ela disse. – Uma vez eu roubei dinheiro de um morador de rua.

– Tá me zoando – disse Scott, tentando imaginar essa mãe neurótica roubando dinheiro de alguém na rua. Pela primeira vez naquele encontro ele se viu intrigado.

– Não – disse ela. – Estou falando sério. Aconteceu em Amherst, sabe, onde fica a UMass? Foi lá que fiz faculdade. Enfim, eu tava bêbada com as minhas amigas, e uma delas me desafiou a pegar um dólar da canequinha do cara. Então eu roubei e fugi e fiquei me sentindo megaculpada. Procurei o cara no dia seguinte, mas não encontrei. Pensei que fosse acabar encontrando depois, mas nada, nunca mais o vi. Até hoje eu carrego esse dólar comigo pra todo lugar, só para o caso de trombar com ele.

– Uau, isso é, hum, bem incomum – disse Scott.

– E você?

– Não, nunca roubei um morador de rua. Espero poder riscar essa da minha listinha de metas qualquer dia.

A moça não deu risada, sequer sorriu. O sarcasmo realmente não era o forte dela. Terceira tentativa.

– Você já roubou alguma coisa? – ela perguntou.

Há momentos na vida em que a honestidade não é uma opção.

Então ele entrou no jogo:

– Todo mundo já roubou.

– Nem todo mundo. Com certeza a Madre Teresa nunca roubou nada.

– Não sei, não – disse Scott. – Quando ela tinha uns seis anos deve ter havido um pote de biscoitos que ela estava proibida de tocar, e aposto que ela roubou e comeu um dos biscoitos.

– Biscoitos não contam – Anne rebateu.

– Acho que roubar biscoito deveria contar sim. – Scott sorriu. – Posso ser sincero com você?

– Adoro honestidade – disse ela.

Claro que adorava. Todo mundo adora honestidade até que ouve uma coisa que não queria ouvir.

– Acho que esse encontro não tá rolando – disse ele.

– Ah, não? – Ela pareceu chateada.

– Fala sério. – ele disse. – Você não acha mesmo que tá rolando, acha?

– Bom – disse ela. – Não sei muito bem.

– Não dá pra se conectar com alguém se você já começa procurando esses sinais de alerta. A conexão simplesmente acontece.

– Você tem razão. Me desculpe – disse ela. – Eu sempre faço isso, pressiono demais. Quer dizer, nem sempre e nem tanto assim. E *nem um pouquinho* de pressão. Não sei bem o que estou dizendo. Não costumo ter muitos encontros... acho que o problema é esse. Na verdade, não tive nenhum desde que me divorciei, então talvez isso seja parte do...

– É totalmente compreensível – Scott interrompeu. – Além disso, sugiro que não fale tanto do seu divórcio. Quer dizer, assim logo de cara. Pra ser sincero, é um pouco broxante.

– Eu falo mesmo muito sobre o divórcio, né? – disse ela. – E acabei de falar de novo. Não sei por que faço isso. Quer dizer, eu já superei totalmente o meu divórcio. Aí, falei de novo. Ai meu Deus, não consigo parar. Estraguei o encontro todo, não é? É só tensão nervosa. Tô tomando Xanax. Sei que por isso eu devia ficar menos neurótica, mas normalmente eu sou ainda mais neurótica do que isso. Meu ex que dizia isso. Ai, Deus, falei outra vez. Podemos começar de novo?

– Claro – disse Scott. – Vamos começar de novo.

– Meu nome é Anne, com "e", mas meus amigos me chamam de Annie.

Scott riu.

– Viu? – ele disse. – *Isso* sim foi bem natural.

Talvez ela estivesse certa quanto ao fato da tensão nervosa impedir que ela conseguisse mostrar o que tinha de bom, porque agora ela parecia estar bem mais calma. Os dois começaram a ter uma conversa de verdade. Partilharam histórias sobre os filhos, falaram de filmes e peças que andaram assistindo, exposições que foram conferir. Scott não estava mais monitorando o nível de café do copo dela – estava se divertindo.

– Bom, parece que o começo foi meio atrapalhado – disse ele –, mas posso ser sincero sobre mais uma coisinha?

– Ai, de novo, não – disse a moça.

– Tô começando a gostar bastante de você.

Ela ficou um pouco corada e disse:

– Que fofo.

Scott estendeu a mão por sobre a mesa e segurou a dela. Uau, essa foi de zero a mil. O encontro passara de um marasmo total para um dos melhores que ele já teve desde que se separara da ex. Já começava a pensar no encontro seguinte – queria sugerir que marcassem algo naquela mesma semana. Ele podia levá-la ao seu restaurante mexicano favorito no West Village.

Foi quando ele reparou na formiga cruzando a mesa, perto das mãos entrelaçadas deles. Não ficou surpreso. Por motivos que ele não entendia muito bem, as formigas ficavam atraídas por ele quando ele estava com a roupa do Homem-Formiga, mesmo quando não estava encolhido. E nos últimos tempos as formigas andavam atraídas por ele mesmo quando ele deixava a roupa em casa, trancada num cofre. Não sabia direito como ou por que as formigas queriam ficar perto dele. Talvez por ele ter sido exposto a tantas Partículas Pym – o componente principal do gás encolhedor que lhe permitia virar o Homem-Formiga – o gás tenha causado um efeito permanente nele. Ou quem sabe as formigas fossem simplesmente capazes de sentir uma natureza amigável para com elas na essência de Scott. O cara vivia se surpreendendo com a inteligência desses insetinhos. Não entendia como a sociedade como um todo desprezava as formigas, associando-as com sujeira e infestação, e as considerava um incômodo.

Anne reparou na formiga, fez careta e disse:

– Ai, meu Deus, isso é nojento! A Starbucks é uma grande corporação; deveriam ter padrões de higiene mais altos.

Então ela pegou um guardanapo e ergueu a mão para esmagar o inseto.

Scott agarrou-a pelo pulso antes que ela pudesse matar a formiga e disse:

– Jamais faça isso.

– Quê? – Anne parecia confusa.

– Matar uma formiga por querer. – Scott disse. – Quer dizer, pisar numa formiga por acidente na rua é uma coisa, algumas tragédias não podem ser evitadas, mas quando você faz de propósito, é o mesmo que assassinato.

– Tá brincando comigo, né? – ela perguntou.

– Parece que eu tô brincando?

– Me solta, por favor.

Scott soltou o pulso da moça. Bem, lá se foi o grande encontro.

Ele sabia que sua reação pareceria bizarra para ela, até maluca, mas não pôde evitar a pergunta:

– O que você tem contra formigas?

– Como?

– Você estava prestes a assassinar essa formiga – ele disse.

– Assassinar?

– Matar, extinguir... Como queira.

– É só uma formiga.

– É isso que você diria se eu pegasse o seu cachorro ou gato e tentasse matar? É só um gato? É só um cachorro?

– Por favor, diga que isso é brincadeira – ela disse.

Scott, agora mais chateado, disse:

– Então você estava mentindo quando colocou no seu perfil que adora animais e acredita em... como você colocou? Ah, certo, "bondade para com os outros". É assim que você expressa a sua bondade? Tipo, roubando o dinheiro do morador de rua... Certo, você era só uma garota embriagada. Mas agora você é uma adulta, uma mãe. Qual desculpa você vai dar dessa vez?

– Se isso for brincadeira, não tem graça – ela disse.

– Parece que estou de brincadeira?

– Tá criando todo esse caso por causa de uma formiga idiota.

– As formigas não são idiotas!

O Starbucks inteiro parou para olhar.

– Não são?

– As formigas têm cérebros maiores, em proporção ao seu peso, do que os humanos.

Scott não sabia se isso era verdade, mas disse com confiança.

– Que bom pra elas – disse Anne. – E quem se importa com as formigas?

– Eu preferiria ler um livro sobre formigas do que sobre o seu divórcio – Scott disse.

Alguns clientes no balcão olhavam para o casal, querendo saber do que se tratava a discussão. Mais formigas invadiram a mesa. Elas captaram a tensão e o perigo iminente, e vieram ajudar Scott e sua camarada formiga.

Anne também reparou nas formigas e se levantou, vestindo a jaqueta.

– Você tem problemas sérios, sabia? – ela disse.

– Você quase mata uma formiga inocente, e eu que tenho problemas?

– Formiga inocente? Chega. Desisto. Oficialmente, esse foi o pior encontro de todos os tempos.

– Nisso você tem razão.

– Vou pra casa.

– Tá, beleza, vê se não vai matar nenhuma formiga lá, também.

A moça estava prestes a sair, mas voltou e olhou para Scott, dizendo:

– Viu só? Eu tenho razão quanto aos padrões – ela disse. – Obrigada. Muito obrigada por se revelar logo no primeiro encontro. Me poupou muito tempo.

E depois apertou o passo em direção à saída.

– Nunca mais machuque uma formiga.

– Seu maluco! – ela gritou.

– Sua assassina! – ele gritou de volta.

3

VOLTANDO PARA CASA NO trem das seis da tarde, Scott se deu conta de que havia pegado pesado demais. É, foi errado da parte da Anne tentar matar aquela formiga, mas provavelmente dezenas de milhares de formigas são mortas todos os dias só em Manhattan, pisadas e exterminadas por pesticidas. Scott não podia salvar todas elas. Entretanto, ver uma formiga morrer – ou quase morrer – sempre o tirava do sério, e às vezes ele perdia o controle.

Quando saiu na rua 77, mandou uma mensagem de texto para ela:

Desculpe estourar daquele jeito. Foi errado da minha parte.

Alguns minutos depois, mandou mais uma:

Realmente gostei de ter te conhecido!!

A quem ele queria enganar? Ela provavelmente estava achando que ele era totalmente psicótico/maluco – não havia como contornar a situação. Tinha certeza de que nunca mais iria ouvir falar dela. No máximo, essas mensagens de desculpas provavelmente o fariam parecer ainda mais instável.

Bem, essa ele teria que deixar para trás – acrescentar à experiência. De todo modo, ele obviamente não estava pronto para começar outro namoro. Da próxima vez, tentaria manter suas emoções pró-formigas sob controle.

Enquanto caminhava, mandou uma mensagem para Cassie perguntando se ela já tinha jantado. Scott ainda não tinha, então comprou comida chinesa – carne apimentada para ele e o favorito de Cassie, chow fan de camarão – e seguiu para o prédio em que morava, na rua 78 leste entre a Primeira e a York.

Scott se mudara do East Village para o Upper East Side havia muitos meses, antes de Cassie começar o primeiro ano do ensino médio no Colégio Eleanor Roosevelt. "El-Ro" era uma das melhores escolas de ciências da cidade e, como Scott, Cassie era fissurada em tecnologia. Adorava computadores, vídeo games e aprender sobre o cérebro. Scott não fizera faculdade, então queria que Cassie seguisse um bom caminho e não se desviasse dele. Ela queria ser neurologista, o que para Scott era uma ótima ideia; com sorte ela juntaria bastante dinheiro para sustentá-lo em sua velhice.

Outro ótimo aspecto da escola: ficava a poucos quarteirões do apartamento, e a localização também era conveniente para Scott. Estava trabalhando como técnico de cabo para a NetWorld, uma empresa de rede de computadores do centro. Era um emprego legal e discreto que o mantinha afastado de encrenca – e longe dos holofotes. E ultimamente, esses eram seus principais objetivos.

A mãe de Cassie – ex-mulher de Scott, Peggy – mudara-se para Portland, no Oregon, para cuidar da mãe, que sofria de Alzheimer. Scott já se sentia tremendamente culpado pelo tempo que não pudera passar com Cassie enquanto estava na cadeia, e mais ainda por tê-la feito passar pelo divórcio. Sentia-se grato pelo tempo que podia passar com ela agora. Tinha que lhe garantir isso – a menina era durona e estava indo muito bem na escola, mas ele queria oferecer um lar estável e se dedicar a ser um bom pai para ela.

Scott arrumou a mesa e chamou Cassie, que estava no quarto. Como sempre, teve que gritar algumas vezes para chamar a atenção dela, mas logo ela veio e juntou-se a ele à mesa. Tinha cabelos loiros compridos e uma beleza natural. Meio moleca, meio nerd, não curtia muito coisas de menina, tipo fazer compras ou usar um monte de maquiagem. Não gostava muito de esportes também, o que não era problema para

Scott. Uma das atividades favoritas dos dois era desmontar computadores e outros eletrônicos, para depois remontar os aparelhos novamente. Adoravam jogar vídeo game juntos, construir cidades malucas no *Minecraft* e montar modelos intricados de aviões e naves espaciais. Contudo, nos últimos tempos, desde que entrara no ensino médio, Cassie não andava passando muito tempo com o pai, e consumia muitas horas do tempo livre em casa, no Skype ou no Facetime, conversando com amigos. Comportamento normal de adolescente, claro, mas Scott começava a sentir falta de sua garotinha.

– E aí, como foi seu dia? – perguntou Scott quando começaram a comer.

– Bom – respondeu ela, olhando para o celular. Começou a digitar outra mensagem.

– Vamos lá – Scott disse. – Dá isso aqui.

– Ah, pai, fala sério...

– O celular. Agora.

Cassie revirou os olhos e passou o aparelho para Scott. Ele tinha uma regra para o jantar: se alguém manda uma mensagem à mesa, o outro tem que ler o texto em voz alta.

– Obrigado, e nada de fazer essa cara – disse Scott. Ele leu a mensagem em voz alta: – Acho que estou apaixonada pelo Tucker McKenzie.

Cassie corou.

– Tá, quem é esse Tucker McKenzie? – Scott perguntou.

– É só uma pessoa – Cassie disse. – Pode devolver meu celular?

Ainda segurando o telefone, Scott disse:

– Uma pessoa. Beleza, isso deu para perceber. E essa pessoa estuda na sua escola?

– Que diferença isso faz?

– Ele não estuda na sua escola?

– Estuda, sim, na minha escola... ai meu Deus... pode me devolver o celular?

– Ele faz alguma das suas matérias?

– Não, tá bom? Ele está no segundo ano.

– Segundo ano? – Scott ficou horrorizado. Um garoto do segundo ano já é quase um homem. – Não é um pouco velho demais pra você, Cassie?

– Ele é só um ano mais velho que eu, pai.

– É complicado namorar uma pessoa um ano mais velha que você, principalmente na escola.

– Complicado *o quê*? – ela perguntou.

– Namorar.

– Hã?

– *Namorar*.

– Não sei o que é isso.

– Não sabe o que significa namorar?

– As pessoas não *namoram* mais, pai.

– Ah, não? Então namorar é só um conceito que eu imaginei? Então estive alucinando a minha vida toda?

– Me refiro a pessoas *pessoas*. Tipo pessoas-que-tão-no-ensino-médio.

– Ah, pessoas de *verdade* – disse Scott. – Agora eu entendi. – Teve a impressão de que a filha não captava o sarcasmo dele, assim como Anne. Por um momento ele imaginou se o problema não seria com *ele*. – Então como é que as pessoas de verdade do ensino médio chamam o ato de *namorar*?

– Sei lá. Nada.

– Chamam de nada?

– É só, tipo, ficar junto.

– Tá bom, então, se você e esse Tucker McKenzie começarem a *ficar*, quero conhecê-lo, tá? Aliás, não confio muito nesse nome, Tucker McKenzie. Parece muito nome de cafajeste.

– É só um nome – disse ela –, como qualquer outro. E não vamos começar a ficar. Não vamos começar nada.

Scott olhou fixamente para ela.

Finalmente, ela disse:

– Tá bom, pai.

Scott sorriu. Era uma sensação boa: ser pai, estabelecer limites. Todos aqueles livros sobre pais solteiros que leu começavam a valer a pena.

Então Cassie disse:

– E você?

– Eu?

– Como foi o seu *encontro*? – ela disse, fazendo *encontro* soar como uma bobagem que só pais divorciados fariam.

– Como sabia que eu estava num encontro?

– Você tá usando uma camisa melhor do que de costume e sapato, e não Nike Air. Só falta segurar uma placa.

Scott teve que sorrir.

– Acho que não rolou uma conexão – disse ele, lembrando-se de quando Anne o chamou de maluco.

– Ah, bem – disse Cassie –, ela não devia valer a pena, então.

Após o jantar, Cassie foi para o quarto e fechou a porta, Scott ouviu o som da trava. Uma plaquinha na porta dizia: "Abandone toda esperança, tu que aqui entras". Scott aceitava que a filha agora era uma adolescente e às vezes precisava de espaço, passar tempo sozinha. Ficava muito contente por sua rebeldia manifestar-se apenas numa citação de *Inferno* na porta do quarto, em vez de drogas e sexo. Mas quanto tempo levaria para a rebelião total começar? Seria Dante apenas o começo?

Scott arrumou tudo, lavou a louça, levou o lixo para fora. O mais difícil de ser pai solteiro era ter que fazer tudo – todas as atividades de pai, todos os afazeres da casa – sozinho. Mas havia vantagens. Scott e Peggy brigavam o tempo todo por causa das tarefas domésticas, e era gostoso ter noites relaxantes em casa. Colocou jazz para tocar, folheou uma *Time Out New York*, assistiu a um programa de detetives da BBC no Netflix. Às dez da noite, pôs no noticiário.

Não falaram nada sobre o assalto frustrado na lojinha – nem mesmo no Nova York 1, o canal de notícias local que nunca parava. Provavelmente já devia ter algum artigo on-line especulando se o Homem-Formiga estaria envolvido na confusão – mas visto que ninguém tinha sido morto nem ferido seriamente, não era uma grande notícia.

Scott estava habituado à falta de atenção. Ao contrário de outros super-heróis, que se concentravam em salvar o mundo, Scott costumava correr atrás dos criminosos menores, derrotando delinquentes antes que pudessem roubar, estuprar ou matar de novo. Seu objetivo era acabar com o crime de baixo para cima – prender um criminoso por vez, tornar as ruas mais seguras e melhorar a qualidade de vida para o cidadão comum. Ajudar o povo não colocava Scott nas manchetes chamativas, mas lhe dava uma grande satisfação.

Ele passou para a CNN, onde Tony Stark dava uma coletiva, respondendo perguntas da imprensa sobre o último plano da Hidra que ele detonara. Tony estava em forma: metido, arrogante, indiferente, mas mesmo assim cativante. Scott o conhecia fazia anos; Tony o ajudara a escapar de algumas enrascadas. Ninguém podia negar uma ajudinha ocasional do Homem de Ferro. Mas embora Scott não pudesse voar para o espaço e enfrentar tanques de guerra, podia fazer coisas que Tony e outros super-heróis não podiam. Certa vez, salvara a vida de Tony durante uma missão com o Capitão no Afeganistão – Tony tinha ficado preso na armadura. Scott encolheu e o salvou.

Tony parecia ter amnésia com relação a esse dia – obviamente não queria reconhecer que Scott havia salvado sua vida –, mas ele não se importava. Scott adorava o que fazia, mas não se alimentava da fama, não curtia ter seu nome exposto em prédios e manchetes. Tony, assim como o Capitão e o Aranha, chamava atenção; já Scott preferia espreitar, despercebido, ao fundo, e certamente não precisava dos holofotes. Seu objetivo principal era ser um grande homem, um bom pai. Se formassem uma banda de rock, Tony seria o vocalista, o Aranha ficaria na guitarra. O Capitão seria o baterista, e Scott tocaria baixo. Ou talvez nem o baixo. Seria o cara com o chocalho.

– *Já pensou em desistir de tudo?* – um repórter perguntou a Tony.

– *Eu pararia amanhã, se pudesse* – respondeu Tony. – *Mas se eu não pegar todos os bandidos, quem vai pegar?*

Scott riu e disse:

– Manda ver, Tony, manda ver.

Em seguida desligou a TV e foi bater na porta do quarto de Cassie.

– Hora de dormir em dez minutos – disse, depois puxou a cama da parede. O apartamento era pequeno, até mesmo para os padrões de Nova York, mas era tudo que ele podia pagar. Além disso, Scott estava acostumado a viver na simplicidade.

Mais tarde, deitado na cama, lendo um livro de autoajuda – *100 motivos pelos quais sua filha adolescente te odeia tanto* –, Scott adormeceu com o livro aberto no peito, apenas para acordar assustado quando alguém tocou a campainha.

Ele viu a hora no celular. 00:14. Fazia uma hora que tinha adormecido. Quem estaria na porta a uma hora dessas? Deviam ser moleques bêbados, ou alguém tocando no apartamento errado.

A campainha tocou de novo, por mais tempo dessa vez, então Scott foi até o interfone e disse:

– Sim?

– Scott Lang?

Era um homem. Parecia sério, formal. O nome de Scott não estava escrito no interfone lá embaixo, então ele soube que não era um trote.

– Talvez – respondeu. – O que deseja?

– FBI – o homem disse. – Precisamos falar com você agora mesmo.

4

HOUVE UM TEMPO na vida de Scott que, se agentes do FBI aparecessem no apartamento dele tarde da noite, ele entraria em pânico – talvez tentaria escapar pela saída de incêndio ou pelo telhado. Mesmo ali, a situação acendia um instinto de lutar ou fugir. Contudo, o pânico cedeu quando ele se lembrou de que não tinha feito nada de errado, não infringira nenhuma lei – bom, pelo menos nos últimos tempos – e não tinha nada a temer.

– Desço em um minuto – Scott disse ao interfone.

Ele vestiu a calça jeans, uma camiseta e chinelos, e desceu. Podia ter mandado o cara subir, mas não tinha certeza de que era mesmo do FBI. A segurança de Cassie vinha sempre em primeiro lugar.

Dois homens esperavam no vestíbulo. Um deles, alto, ombros largos, cabelo raspado, usando terno preto, tinha visual que gritava agente do FBI. O outro cara, atarracado, careca, de óculos, parecia mais um contador.

Quando Scott abriu a porta interior, o cara de terno mostrou o distintivo do FBI. Scott sabia como era um distintivo de verdade – e sim, aquele era.

– Agente Warren. Esse é o agente James. Podemos subir, por favor? É importante.

Scott já começava a achar toda aquela situação um tanto quanto enfadonha: agentes do FBI com algo importante para tratar? Aquilo não tinha como ser bom.

– Já é tarde da noite. Minha filha tá dormindo.

– Desculpe, mas preferimos falar disso lá em cima, se não se importar.

Bom, pelo menos ninguém tinha lido os direitos dele. Por outro lado, não tinham vindo lhe fazer uma visita. Será que tinha algo a ver com o incidente no mercadinho, ou com sua identidade enquanto Homem-Formiga? Ele desejou que tudo aquilo fosse um sonho e que ainda estivesse na cama, dormindo, com o livro no peito.

Ele levou os agentes até o apartamento. O lugar era tão pequeno que foi difícil chegar ao sofá com a cama aberta, então ele se sentou com os agentes num cantinho que chamava de sala de jantar. Havia apenas duas cadeiras, então Scott sentou-se num banco.

– Olha, eu adoro surpresas – disse ele –, mas acho que isso é um pouco demais, não acham?

Os agentes permaneceram estoicos.

– Você e sua família podem estar em grande perigo – disse Warren.

Scott não esperava por essa. Não sabia pelo que esperava, mas certamente não por essa.

– Tá – disse. – Em perigo como?

– Willie Dugan escapou da prisão sete meses atrás.

Isso não era novidade para Scott. Dugan era um antigo, digamos, sócio dele. Fizeram vários roubos juntos, depois se separaram. Scott fora forçado a testemunhar contra Dugan no julgamento, nove anos antes.

– Ouvi dizer – disse ele. – E daí?

– Você era amigo de Dugan, não era? – perguntou James.

– Eu não diria que éramos amigos. Conhecidos, sim. Se acham que faço alguma ideia de onde ele está escondido, não faço. Na verdade, já me perguntaram isso várias vezes.

– Aconteceram algumas coisas recentemente – disse Warren.

– Encontraram ele? – Scott perguntou.

– Não, infelizmente não – respondeu James.

– Não estou entendendo. O que isso tem a ver com eu e minha família estarmos em perigo?

– E quanto a Nicky Soto? – perguntou James.

Nicky também estava no bando, junto com Dugan.

– É, eu conheço – disse Scott. – Bom, eu *conhecia*.

– E Miguel Santana?

– Também – disse Scott.

– Robert Billings? – Warren perguntou.

– Não, desse eu não lembro – disse Scott.

– Ele tinha um apelido, Dólar – Warren disse.

Ah, *ele*. Scott ouvira histórias sobre Dólar Billings, mas nunca chegara a conhecer o cara pessoalmente.

– Podem, por favor, me dizer o que está acontecendo aqui? – Scott pediu.

– Soto, Santana e Billings foram todos mortos, assassinados, ao longo dos últimos meses – disse Warren. – E achamos que você deve ser o próximo na lista de Dugan.

– Opa, calma aí – disse Scott. – Assassinados? Por quem?

– Dugan, nós achamos – disse Warren. – Ou sócios dele.

– Vocês *acham*? – disse Scott.

– É mais provável que estejam relacionados com Dugan – disse James. – É nosso principal suspeito. Temos o relato da testemunha de um dos assassinatos, e evidências nas outras mortes indicam que Dugan estava envolvido.

– Sem contar o fato de que as três vítimas foram afiliadas de algum modo a Dugan – disse Warren.

– Duas testemunharam contra ele – disse James. – O terceiro cara, Billings, Dugan tinha meio que uma questão pessoal contra ele. Tinha a ver com mulher.

– Uau. Não acredito que Nicky e Miguel estão mortos – disse Scott. – Quer dizer, faz anos que não os vejo, e sei que fizeram coisa errada, mas estavam tentando consertar a vida. – Scott deixou a informação ser assimilada por um tempo, depois continuou: – Mas entendo o que estão querendo dizer. Deixa eu adivinhar. Acham que sou o próximo na lista de Dugan porque eu testemunhei contra ele, é isso?

Warren e James não disseram nada.

– Bom, não sou – disse Scott.

– Por que diz isso? – perguntou James.

– Porque conheço Willie, e sei que ele não faria isso.

– Pensei que tivesse dito que não o conhecia – disse Warren.

– Não falo com ele faz anos – disse Scott –, mas eu o conheço. Sei como ele pensa.

– Bom, temos informações que nos dizem que você está errado. Ele está vindo atrás de você.

Scott se perguntou se o agente poderia ter razão. Ele *achava* que conhecia Dugan – mas a verdade era que não falava com o homem há dez anos, desde o último trabalho que fizeram juntos. Era possível, até provável, que Dugan tivesse mudado. Afinal, passara todo aquele tempo na prisão, e tempo de prisão mudava todo mundo – geralmente pra pior.

– Que tipo de informação? – Scott perguntou.

– Não importa – disse Warren.

– Importa pra mim – Scott rebateu.

– Interrogamos uma testemunha que tinha informações acerca dos planos de Dugan. Seu nome apareceu – disse James.

– Em que contexto? – Scott perguntou.

– Sinto muito, mas isso é tudo que podemos contar pra você agora – disse Warren. – Para sua segurança. Diremos o que você precisa saber, e mais nada.

– E quanto à minha filha e minha ex-mulher? – Scott perguntou. – Por que acham que elas podem estar correndo perigo também?

– Antes de Santana ser morto, a família dele recebeu ameaças anônimas – disse James.

– E essas ameaças podem ter sido feitas por Dugan ou pessoas associadas a ele – Warren acrescentou.

– Opa, espera um minuto. Dugan escapou da prisão faz quase um ano, certo? Então enquanto ele tá solto, acontecem três assassinatos, de caras que testemunharam contra ele ou deram alguma mancada. E vocês levaram esse tempo todo pra ligar uma coisa à outra?

– As vítimas moravam em partes diferentes do país – disse Warren. – Califórnia, Texas, Flórida.

– Existem bancos de dados hoje em dia – ironizou Scott. – Chama-se tecnologia.

Os agentes, principalmente Warren, não pareceram muito contentes de ouvir Scott, um ex-trambiqueiro, passando um sermão neles.

– Olha, a gente não veio aqui se explicar para você – disse Warren. – Viemos proteger você e a sua família.

– Obrigado – disse Scott –, mas posso proteger minha família sozinho.

Nessas horas Scott tinha vontade de poder gritar "Eu sou o Homem-Formiga, seus babacas! Não preciso de proteção". Mantivera a identidade do Homem-Formiga em segredo principalmente para proteger Cassie. Como super-herói, ele tinha uma lista de inimigos que poderiam desejar vingança – e mais uma vez, embora não se preocupasse com a própria segurança, manter Cassie fora de perigo era sua prioridade. Ironicamente, a menina era uma das poucas pessoas que sabiam do segredo. Confiava muito nela.

– Receio que você não tenha escolha – disse Warren.

– Não tenho escolha? – Scott perguntou. – O que vão fazer, me obrigar?

– Na verdade, vamos – disse Warren.

– Recebemos ordem de proteção para sua família até que não haja mais ameaça – disse James.

Scott riu, mesmo sabendo que aquilo não era uma pegadinha. *Vocês devem estar brincando, certo?* Pensou ele. *Ordem de proteção pra um super-herói?* Tony Stark e a galera iam tirar sarro dele por causa disso por anos. Ele queria manter Cassie a salvo, claro, mas e se não houvesse mesmo perigo? Uma ordem de proteção causaria uma baita perturbação na vida da garota, e ele não queria fazê-la passar por isso a não ser que fosse absolutamente necessário.

– Como sabem que Dugan está em Nova York? – ele perguntou. – E se sabem que está, por que não podem simplesmente capturá-lo?

– A ordem de proteção começa imediatamente – disse Warren, levantando-se.

Scott também se levantou.

– Isso é pra vocês livrarem o rabo de vocês, né? Deram mancada, não ligaram os pontos a tempo, e alguns caras do passado de Dugan foram pro saco. Agora, com provas extremamente circunstanciais, vão obrigar que eu e minha família aceitemos guarda-costas?

– Os oficiais que vão proteger você estão lá fora neste momento – disse Warren. – Carlos Torres vai acompanhá-lo ao trabalho, e Roger Shelly vai levar sua filha à escola. Amanhã no fim da tarde os agentes serão trocados por outros, para o turno da noite.

– Olha, falando sério – disse Scott –, isso é desperdício de dinheiro do contribuinte.

– Sua ex-mulher, Peggy Lang, está neste momento sendo colocada sob custódia preventiva também – disse James.

– Epa, minha ex-mulher nem mora em Nova York. Ela mora no...

– Oregon – disse James.

– Viu, a gente até que sabe usar o banco de dados – disse Warren, emanando sarcasmo.

– Não há motivos para envolvê-la – disse Scott.

– Ela já foi envolvida – disse Warren. – Tem agentes na casa dela neste momento.

– Fala sério, que maluquice! – disse Scott. – Fico agradecido por vocês dois terem vindo aqui me colocar a par de tudo, mas eu estou bem, e a minha família também vai ficar bem. Não precisamos de proteção nenhuma.

– Acho que você não entendeu – disse Warren. – Você não tem escolha.

– Na verdade, você tá tendo um desconto – disse James. – A alternativa seria você, sua filha e sua ex-mulher entrarem pro Programa de Proteção de Testemunhas.

– Pense nisso como se estivéssemos te fazendo um favor – piscou Warren.

– Eu estou falando, vocês não estão entendendo – insistiu Scott. – Willie Dugan não vai me machucar.

Tarde demais; os agentes já estavam saindo do apartamento.

Scott xingou. Deu um soco tão forte na parede que Cassie saiu do quarto.

Com os olhinhos apertados, ela perguntou:

– O que estava acontecendo?

– Nada – disse Scott. – Volte a dormir.

– Eu acabei de escutar vozes aqui?

– Não – Scott disse. – Deve ter sido um sonho.

Cassie não pareceu se convencer, mas murmurou um boa noite e voltou para o quarto.

Scott foi direto para o iPad e pesquisou Willie Dugan no Google. Lera basicamente o que os agentes haviam contado, sobre o assassinato de Robert Billings na Flórida, dois dias antes, do qual Dugan era o principal suspeito. Concluiu que os federais haviam entrado no caso por conta dos assassinatos terem acontecido em vários estados. Talvez questões de jurisdição tivessem impedido a polícia de ligar os fatos antes.

Scott entendia por que os federais achavam que Dugan ia tentar matá-lo. O cara já tinha matado três pessoas – duas que testemunharam contra ele. Se aquilo fosse verdade, não dava para entender por que ele esperara tanto tempo. Por que Scott não foi o primeiro da lista?

Os dois haviam sido, se não amigos, bons camaradas, até que o Dr. Henry Pym deu a Scott o traje do Homem-Formiga – sob a condição de que ele usasse a tecnologia para o bem. Scott decidira deixar para trás sua vida de crimes, mas não soube muito bem como contar a novidade ao antigo sócio.

Scott, Dugan e mais uns caras estavam num hotel em Kentucky, a cerca de uma hora de Louisville. Estavam numa viagem de "negócios", fazendo pesquisa para assaltar um banco, quando o prédio começou a pegar fogo. Scott e os outros caras saíram, mas Willie ficou preso lá dentro.

Os bombeiros chegaram e tentaram entrar à força, mas a fumaça estava tão densa que tiveram de recuar. Dugan estava aterrorizado, gritando por sua vida. Então Scott correu para o carro e abriu o porta-malas, onde guardava o uniforme do Homem-Formiga. Até aquele momento, o havia usado poucas vezes – não era exatamente um perito em transitar com ele. Mas se quisesse salvar a vida de Dugan, não tinha tempo a perder. Então ele encolheu, subiu pela escada de incêndio e passou pelos bombeiros, que tinham desistido de enfrentar as chamas, e entrou no quarto de Willie no segundo andar do hotel. O cara estava quase perdendo a consciência, tão fora de si que nem viu Scott voltar ao tamanho normal. Ele quebrou a janela do banheiro, arrastou Willie para fora e largou-o para os bombeiros lá embaixo. Em seguida Scott encolheu e escapou. O fogo se espalhou, e todo o prédio foi consumido pelas chamas.

Alguns dias depois, Scott anunciou a Willie que estava saindo do grupo. Willie foi totalmente contra a ideia. As habilidades técnicas de Scott os ajudavam a burlar sistemas de alarme e abrir cofres, e ele receava que Scott pirasse e testemunhasse contra ele. Scott prometeu que jamais entregaria o sócio à polícia – promessa que, no fim das contas, não pôde cumprir.

Ao longo dos anos seguintes, Scott perdera contato com Dugan. Focara a atenção em criar a filha e combater o crime. Estava se redimindo, tornando-se um homem melhor, e esperava que Dugan tivesse feito mudanças similares em sua vida. E então ouviu no noticiário que o cara fora preso por cometer homicídio duplo em Yonkers, Nova York. Depois de discutir por causa de uma mulher, ele atirou em dois homens – no melhor estilo execução – no estacionamento de um prédio residencial.

Scott sabia que Dugan era um gênio do crime que realizava dezenas de roubos planejados.

Mas o Dugan que ele conhecia não era violento, nunca matara ninguém. Scott nunca o vira discutir nem entrar numa briga. Era do tipo tranquilão, caladão. Ou alguma coisa acontecera para transformar o cara num assassino de sangue frio ou ele simplesmente escondera esse lado de Scott.

Este fora chamado para testemunhar no julgamento. As provas contra Dugan eram irrefutáveis – relatos de testemunhas, amostras de DNA, imagens de câmeras de segurança de um dos assassinatos –, por isso Scott quis fazer de tudo para ajudar a colocar o ex-parceiro atrás das grades. Sentia a responsabilidade pessoal de ajudar a mandá-lo para a prisão perpétua, para não poder matar de novo. A culpa era imensa: se ele não tivesse salvado Dugan do incêndio, as pessoas que ele matara ainda estariam vivas.

Logicamente, Scott sabia que não era o responsável, mas isso não mudava o que ele sentia.

Durante o julgamento, Dugan nem fez contato visual com Scott. Nem durante o testemunho e nem quando entrava ou saía do tribunal – nunca. Scott sabia que era de propósito, que Dugan estava tentando comunicar alguma coisa, mas qual seria a mensagem?

Ele foi condenado por dois homicídios de primeiro grau. O juiz entregou uma série de sentenças compostas que, somadas, resultaram em prisão perpétua. Mas Scott tinha a esquisita impressão de que ainda ouviria falar de Willie Dugan.

Então não foi surpresa quando descobriu, no ano anterior, que Dugan e diversos presos haviam passado nove anos cavando diligentemente um túnel e escaparam de Attica, uma das mais famosas prisões de segurança máxima do país. Se havia alguém paciente e determinado o bastante para perpetrar uma fuga tão complicada e bem organizada quanto aquela, esse alguém era Willie Dugan. O cara era um *perito*, um gênio, e uma das pessoas mais determinadas que Scott conhecera. Não era do tipo que resolvia as coisas na mão – era de planejar. Motivo pelo qual também não foi surpresa para Scott saber que os caras que escaparam junto foram capturados dentro de um dia, enquanto Dugan permanecia desaparecido. Ele sempre tinha um plano, e costumava estar sempre alguns passos na frente da polícia. Era um homem paciente, talvez o mais paciente que Scott já vira. Não corria riscos. Não apostava, a não ser que tivesse certeza absoluta de que as chances estivessem a seu favor.

Scott sabia que Dugan gostava de jogar um jogo demorado – provavelmente devia ter algum plano grandioso na cabeça. Será que esse plano incluía matar Scott e sua família como o *grand finale* da maratona de assassinatos? Essa era a maior das perguntas.

Sem chance de conseguir dormir naquele momento – Scott estava com a cabeça muito cheia. Zanzou pelo apartamento, cutucou um pedaço de pizza que sobrou na geladeira, de uns dias antes. Uma das coisas na qual ele ainda não mandava bem era a de sempre comprar comida. Mordiscou a pizza até perceber como estava com gosto de passada, e então jogou o resto no lixo.

Desceu para verificar a situação. Não foi difícil avistar os federais – tinha que ser um Charger preto do outro lado da rua com vidro fumê. Encontrava-se oficialmente sob medida preventiva. Estava mesmo acontecendo.

De volta ao apartamento, seu celular vibrou, anunciando a chegada de uma mensagem de texto. Era da ex:

QUE DIABOS TÁ ACONTECENDO??!!

Estava fula da vida – era de se esperar. Por acaso haveria alguma ex-mulher no mundo que não perderia a cabeça se tivesse que ficar sob medida preventiva por causa do ex-marido?

Para tentar acalmá-la, Scott respondeu:

Vou resolver tudo, não se preocupe, prometo.

Ela atirou de volta:

Acho bom mesmo, SENÃO...

Scott não gostou nada da ameaça. O que significava esse "senão"? Ela poderia ficar vingativa e revelar para os federais que Scott era o Homem-Formiga? Peggy amava Cassie, e Scott não acreditava que ela faria algo que pudesse colocar a filha em perigo. Dito isso, o passado criminoso de Scott havia sido um problemão no relacionamento do casal, e ele teve que trabalhar duro para convencê-la de que tinha passado de vez para o lado dos mocinhos. A última coisa que ele queria no momento era que ela tivesse mais informações que pudesse usar contra ele. Na pior das hipóteses, ela poderia argumentar que ele não era adequado enquanto pai e que ela deveria ter a guarda de Cassie. Scott tinha se esforçado tanto para oferecer estabilidade para a filha, e a última coisa que queria fazer era botar a menina no meio de mais uma disputa por guarda. E se Peggy ficasse determinada a levar Cassie para o Oregon, o juiz poderia facilmente legislar a favor dela visto que, a) as cortes geralmente decidem a favor da mãe em casos de guarda de filhos, e b) Scott havia sido um criminoso com uma ficha corrida bem longa.

A chegada dos federais não causara nele uma reação de lutar ou fugir das mais intensas, mas esse assunto sim. Cassie não era apenas filha de Scott. Era sua melhor amiga – e o motivo principal pelo qual ele resolvera mudar de vida. A ideia de perdê-la era inimaginável. Ele sabia que ela estava muito melhor com ele em Nova York.

Scott respondeu:

Confia em mim Relaxa Vai ficar tudo bem

E deixou por isso mesmo.

Ele sabia por experiência própria que ir contra a Peggy seria sempre um erro. A melhor estratégia era recuar e manter a paz.

Ela não respondeu mais, então talvez estivesse esperando as coisas se acalmarem. Talvez a polícia conseguisse pegar Dugan, e essa confusão toda terminaria. A ordem de proteção seria retirada, e todos poderiam seguir com suas vidas.

Scott deitou-se na cama, mas não conseguiu dormir. Teve uma estranha sensação de que antes que as coisas melhorassem, iam ficar muito, muito piores.

5

GERALMENTE, QUANDO TOCAVA O DESPERTADOR de Cassie Lang, ela resmungava, clicava no soneca e ficava na cama o máximo possível. Mas naquele dia ela mal podia esperar para chegar à escola e ver Tucker McKenzie. Certamente o veria no almoço ou antes de humanidades, porque havia alguma aula do segundo ano no mesmo andar. Ela só falara com ele duas vezes até o momento: uma vez quando se cruzaram perto dos armários e ele disse "oi" para ela, que disse "oi" de volta, e outra vez, quando ela o viu, depois da aula, em frente a uma pizzaria na avenida York e ele disse "e aí, beleza?", e ela ficou tão empolgada por ele ter reparado nela que gaguejou um "ah, hum-hum, oi". Mas ela sabia que seria apenas questão de tempo até que os dois começassem a ficar.

Ela vestiu suas calças jeans favoritas e aquele top novo superlegal da Uniqlo, mas o top não ficou tão legal como quando ela o experimentou na loja, então ela trocou pelo roxo da H&M. Não gostou muito de como ficou esse também, mas não tinha mais nada para vestir. As coisas ficaram assim desde que a mãe se mudou para Portland, Oregon, e ela acabou indo viver integralmente com o pai. Da última vez que foram fazer compras, ele lhe dera duzentos dólares, que é quase nada em Manhattan. Ela compreendia que os dois viviam com orçamento apertado, e que era difícil pagar pelas coisas sendo pai solteiro, mas mesmo assim era um saco não encontrar nada legal pra vestir. O pai tinha um monte de qualidades, mas não entendia como era importante para ela ir bem-vestida à escola.

No banheiro, a menina checou o visual de corpo inteiro e concluiu que não estava tão ruim assim. Meio gatinha, até – principalmente depois que passou maquiagem, inclusive a sombra nova que comprara no dia anterior. Torceu para que a maquiagem a fizesse parecer mais velha também, como uma garota do segundo ano. Ela tinha certeza de que faria.

Foi até a geladeira pegar algo para o café da manhã, uma tigela prática de cereal, quando escutou:

– Cassie.

Ela se virou, assustada. O pai estava parado ao lado de um cara de cabelo grisalho que ela nunca tinha visto. O cara nem parecia muito velho – só tinha cabelo grisalho mesmo.

– O que está fazendo em casa? – ela perguntou. O pai costumava sair para trabalhar antes de ela acordar.

– A gente precisa conversar – disse Scott.

Será que fiz algo errado?, pensou Cassie. O pai andava sendo estranhamente rígido a respeito de coisas como mandar mensagem durante o jantar, mas havia mesmo algo para se *conversar*? E o que teria a ver com o cara esquisito de cabelo grisalho? Será que era algum tipo de castigo?

– Que foi que eu fiz? – Cassie perguntou.

– Você não fez nada. Mas aconteceu uma coisa. Nada de ruim, mas, bom... o Roger aqui vai te levar para a escola.

– Roger? – Cassie perguntou.

– Meu nome é Roger – disse o homem.

– É, isso eu entendi – disse Cassie. Depois, para o pai: – Mas por que ele vai me levar pra escola? O que tá acontecendo? Isso é pegadinha?

O pai respirou fundo, depois disse:

– Tá acontecendo uma coisa, Cassie.

A menina mal escutou quando o pai pôs-se a falar que era apenas temporário, mas que talvez houvesse um cara querendo acertar as contas com ele, e que aquilo era apenas precaução, e que logo acabaria. Ela só conseguia pensar mesmo no mico que seria chegar à escola com aquele cara esquisito junto dela.

Ela interrompeu seja lá o que o pai estava dizendo:

– Eu vou pra escola *sozinha* hoje.

– Sinto muito – disse o pai. – Você tem que ir. Nós dois temos. Também não tô gostando da situação, mas pelo visto a gente não tem escolha.

– Não preciso de proteção nenhuma – disse Cassie.

– É pro seu próprio bem – o cara, Roger, falou.

– Isso é tudo culpa sua – Cassie disse ao pai. – É por causa do seu passado, né? Por causa dos bandidos todos com quem você andava?

– É, tem um pouco a ver com isso – disse o pai. – Tá, tem super a ver com isso.

– Viu? – Cassie perdeu o controle. – Foi por isso que a mamãe foi embora. Porque você sempre estraga tudo. E acha que só porq...

Cassie quase disse "só porque você é o Homem-Formiga", mas antes que saísse, o pai a cortou:

– Tá bom, já chega. Termine o café e vá pra escola com o Roger, e a gente conversa sobre isso mais tarde. Entendido?

– Não – disse Cassie. – Não está entendido, não.

Mas ela sabia que não tinha por que continuar discutindo – quando o pai falava sério, não tinha conversa, era fim de papo –, então ela voltou para o cereal. Mas tinha perdido a fome. Depois de umas colheradas, foi para a sala, pegou a mochila e saiu do apartamento sem olhar nem para o pai nem para Roger.

O policial a seguiu escadas abaixo e prédio afora, apressando-se para alcançá-la.

– Minha escola fica só a três quarteirões daqui. Isso é tão ridículo – disse ela.

Roger disse que compreendia, e que a intenção dele era ser o menos inconveniente possível. Cassie nem dava ouvidos e começou a reparar nas pessoas ao redor. Pessoas, no caso, que estudavam na mesma escola. Ai meu Deus, aquele ali do outro lado da rua é o Ryan, junto com a Nikki e a Carly, e na frente dele estavam Charles e Justin.

– Isso é tão constrangedor – Cassie disse.

– Eu tenho uma filha também, então entendo – disse Roger. – A minha está com treze anos.

– Por acaso algum estranho que ela nunca tinha visto na vida a levou pra escola no primeiro ano?

– Hã, não.

– Então como é que você entende?

O homem tentou se explicar, mas Cassie o ignorou. Andava de cabeça baixa, torcendo para não ser vista.

Quando entraram no quarteirão da escola, ela disse:

– Tá bom, daqui pra frente posso ir sozinha.

– Desculpa, mas tenho que ficar perto de você o dia todo – disse Roger.

Cassie parou de andar.

– Peraí, o dia todo? Pensei que só fosse me levar pra escola. Você não pode entrar na escola comigo. Não vão deixar.

– A escola já sabe de toda a situação – disse o policial. – Não se preocupe, vou ser bem discreto.

– Discreto? Vai me seguir pela escola o dia todo e acha que vai ser discreto?

– Faço isso o tempo todo – disse ele. – Bom, não o tempo todo, mas boa parte do tempo, e sei como ficar fora do caminho, ok?

– Vou pra casa – disse Cassie, e seguiu de volta ao apartamento.

Andando ao lado da menina, Roger dizia:

– Olha, vamos lá, confia em mim. Você tá achando que vai ser muito pior do que vai ser.

Cassie olhou feio para ele.

– Não foi isso que eu quis dizer – disse Roger. – Só quis dizer que não vai ser tão ruim assim. E se você faltar na escola vai perder a matéria e se prejudicar.

Cassie lembrou-se de que tinha uma prova importante de cálculo naquele dia e não podia perder – além disso, estava louca para ver Tucker.

– Tanto faz – disse ela, e deu meia-volta.

Esperava que Roger estivesse certo, que o dia não fosse tão ruim quanto ela imaginava. Quando entrou no prédio da rua 76, fingiu que era um dia normal e que Roger não estava bem atrás dela. Ficou olhando direto para a frente, tentando não reparar nos olhares estranhos que ele sabia que todos lançavam em sua direção.

Pelo menos Roger não entrou na sala de aula.

Mas Zoe, amiga de Cassie, reparou, porque perguntou:

– Quem é aquele cara?

– Que cara? – Cassie perguntou, tentando se fazer de boba. – Ah, *aquele*. É só, tipo, um supervisor da escola, uma coisa assim.

Aquilo não fazia o menor sentido, mas ela não conseguiu inventar uma explicação melhor.

– Um *o quê* da escola? – Zoe perguntou.

– Ah, ele tipo monitora o alunos às vezes e... não é nada, deixa pra lá.

Zoe não forçou, mas todo mundo na escola acabaria perguntando sobre o Roger – principalmente se a situação se prolongasse por dias, semanas ou até meses. E se o cara fosse ter que ficar seguindo ela pra todo canto durante todo o ensino médio? Ela podia também inventar uma história, dizer para as pessoas que ele era, tipo, do Serviço Secreto. Podia inventar que o pai estava para se candidatar ao governo estadual de Nova York, e por isso ela precisava de proteção. Mas será que alguém acreditaria nisso? Seria muito fácil procurar por "candidatos a governador" no Google e descobrir que era tudo mentira.

Eca, ela odiava o Google – ela odiava tudo! E por qualquer ângulo que olhava, estava ferrada.

Roger acompanhou Cassie à primeira aula, teatro, mas nem foi tão ruim. Os corredores estavam sempre lotados, e Roger não ficou muito perto, então as pessoas pareciam nem notar.

Então Cassie notou que Tucker e alguns amigos dele – inclusive Nikki e Carly – olhavam para ela e riam. Ela torceu para ser apenas impressão. Talvez não estivessem mesmo rindo dela. Talvez estivessem rindo de outra coisa.

Só que mais tarde, antes da aula de Química, aconteceu de novo. Tucker e alguns amigos – *outros* amigos – meio que lançaram um sorriso irônico para ela e foram embora.

Cassie – com Roger em sua cola feito uma sombra irritante – encontrou Zoe perto dos armários e disse:

– Por que as pessoas estão olhando estranho pra mim? Você disse pra eles alguma coisa sobre você-sabe-o-quê?

– Não. Nem sei o que dizer. Você não me contou nada.

Cassie sentiu-se mal por acusar a amiga.

– Desculpa. É que isso é tão esquisito. O Tucker e esse monte de gente ficam olhando pra mim de um jeito esquisito, como se soubessem de alguma coisa, mas não sei o que pode ser.

– Ai, meu Deus – disse Zoe. – Acho que sei o que é.

– O quê?

– Tem certeza que quer saber?

– Tenho, me conta.

Zoe pegou o celular, abriu o Instagram e mostrou a tela a Cassie. Era uma postagem de Nikki com um *print* da mensagem que Cassie mandara na noite anterior.

Cassie Lang: Acho que estou apaixonada pelo Tucker McKenzie

– Ai meu Deus – disse Cassie. – Não acredito que a Nikki fez isso comigo. Que humilhação...

– Quando eu li, pensei que você e o Tucker já estavam juntos – disse Zoe.

– Não estamos, não – Cassie disse. – Mandei a mensagem ontem à noite, tipo superconfiando. Por que ela fez isso comigo?

– Porque ela tá com ciúme; quer o Tucker só pra ela – Zoe disse. – Pelo menos, é o que eu acho.

Tocou o sinal indicando o período seguinte.

Enquanto Cassie seguia para a sala, Roger chegou perto dela e perguntou se havia algo errado.

– Não é da sua conta – Cassie disse.

– Eu vi você olhando para o celular daquela menina – disse ele. – Você recebeu algum e-mail ou mensagem de um endereço desconhecido? Se for isso, preciso saber.

– Era só um post do Instagram, tá? – disse Cassie. – Não tem nada a ver com você nem com o meu pai. Eu tenho uma vida também, sabia?

Cassie saiu pisando duro e foi para a sala de aula.

No almoço, ela e Zoe foram até o Beanocchio, onde costumavam almoçar, na York, sabendo que Nikki também estaria lá. Ela estava numa mesa nos fundos com algumas outras meninas, e todas sorriram e deram risinhos quando viram Cassie se aproximando.

– Por que você fez isso? – Cassie perguntou.

– Fiz o quê? – Nikki se fez de tonta.

As outras meninas ficaram só escutando.

– Qual é, foi só uma brincadeira – disse Nikki. – Por que você está levando tão a sério assim?

– Apaga – disse Cassie.

– Apagar o quê?

– Você sabe o quê.

– Ah, *aquilo* – Nikki continuou. – Foi você que mandou. Achei que fosse, tipo, de conhecimento público.

– Não acredito que você fez isso comigo.

– Não foi nada de mais.

– Por favor, apaga.

– O Instagram é meu. Eu faço o que eu quiser.

Cassie não entendia por que Nikki estava sendo tão maldosa. Achava que eram amigas. Será que Nikki só queria se mostrar para as outras garotas, querendo dar uma de boa?

– Vou contar pro diretor – disse Cassie. – Isso é cyberbullying.

As meninas riram.

– Ah, fala sério! Eu só tava brincando – disse Nikki. – Quer que eu apague? Tá bom. – A menina pegou o celular, tocou algumas vezes na tela e disse: – Pronto, apaguei. Mas o estrago já foi feito. Agora o Tucker nunca vai gostar de você.

– Como você é tosca – disse Cassie.

– Tucker McKenzie não acha isso – rebateu a outra. – E por que aquele cara fica te seguindo pra todo lado, hein? É, tipo, bizarro.

Cassie não entrava numa briga desde quando tinha uns oito anos e uma menina no parquinho tentou empurrá-la do escorregador, mas teve muita vontade de ir pra cima de Nikki ali mesmo. Não como uma garotinha, dando tapas e puxando cabelo: Cassie quis jogá-la no chão e meter um soco na cara dela. Não podia fazer isso, claro, acabaria sendo suspensa. E claro, havia um agente do FBI a poucos metros dali, de olho nela.

Então ela apenas saiu do café e ficou sem almoçar. Foi andando de volta à escola, com Roger seguindo-a o tempo todo.

Passou o resto do dia com a cabeça nas nuvens, tentando se esquecer do quão miserável se sentia. Os professores a chamaram para dizer alguma coisa durante a aula umas duas vezes, e ela estava perdida – não fazia ideia do que estavam falando – e todo mundo riu. Mal podia esperar que o dia acabasse.

Finalmente o dia terminou, e ela correu para casa. Roger teve que verificar o apartamento para ter certeza de que o cara que estava atrás do pai dela não estava escondido ali – como se o cara fosse um Houdini ou coisa do gênero, e pudesse entrar e sair de um apartamento trancado sem ninguém reparar.

Roger voltou para o corredor e deixou o apartamento todinho para Cassie. Foi ótimo ficar sozinha, sozinha de verdade. Definitivamente, aquele havia sido o pior dia na escola, e ela nem queria pensar em como seria o seguinte. Graças a Nikki, Cassie tinha pagado de otária para Tucker McKenzie.

Deu vontade de abandonar a escola. Já era vergonhoso demais ter um agente do FBI seguindo-a por todo canto, mas encarar Tucker de novo seria pior ainda. Como era ruim vê-lo rindo dela.

Cassie reparou que quase não comera nada o dia todo – apenas poucas colheradas de cereal de manhã. Não havia comida no apartamento, como de costume, e o pai ainda não tinha chegado a casa. Devia estar em outro de seus encontros arranjados no Tinder. Era tão injusto que sua vida tenha ficado tão zoada enquanto o pai podia ter encontros e levar uma vida normal tendo sido ele o causador daquela bagunça toda. Não só a palhaçada do FBI, mas *tudo*. O passado maluco, o divórcio... e que tal o Homem-Formiga? Não era o pai de todo mundo que podia encolher e ficar do tamanho de uma formiga pra combater o crime. Cassie e a mãe vinham guardando esse segredo fazia um ano, o que não parecia nada justo. *Ela* era uma adolescente. Era *ela* quem tinha que ter direito a segredos.

Então Cassie teve uma grande ideia. Era tão incrível e perfeita que não soube por que não tinha pensado nela ainda.

Ela foi até o armário do corredor, afastou umas caixas, livros e outras coisas e lá estava o cofre onde o pai guardava o traje do Homem-Formiga. Um dia, alguns anos antes, Cassie vira o pai abrir o cofre. Lembrava-se da combinação, quase toda: 34 direita, 28 ou talvez 27 esquerda, 11 direita. Tentou com 27, mas... não, não abriu. Tentou de novo com 28 e nada aconteceu. O pai trocara a combinação? Isso seria péssimo.

Depois de tentar 27 e 28 de novo, a garota estava prestes a desistir e arrumar de volta as caixas, mas então tentou com 24 no primeiro número e 27 no segundo. Não sabia por que tentara isso – foi meio inconsciente –, mas quando voltou o disco para o 11, ouviu um clique e abriu o cofre.

Lá estava ele, o traje vermelho e cinza do Homem-Formiga e uma espécie de capacete prateado com o que pareciam ser antenas. Scott mostrara o traje à filha certa vez, mas nunca explicou como ele funcionava, como se fazia para encolher e ficar do tamanho de uma formiga. Ele dissera também que podia se comunicar com as formigas enquanto usava o uniforme, o que pareceu loucura para ela, impossível até. Será que tinha sido mentira do pai?

Ela o examinou com minúcia. Era feito de um material resistente, tipo uma mistura esquisita de metal e tecido – definitivamente não era algo que se usa no Halloween. O capacete era forte, mas muito fino, e tinha um mecanismo que o fazia diminuir e praticamente desaparecer no colarinho do traje. Cassie imaginou que isso servia para que o pai pudesse usar o traje por debaixo das roupas. A parte de baixo do capacete lembrava o interior de um computador. Cassie e o pai já haviam desmontado e montado de novo diversos computadores – era meio que um hobby para eles – e o capacete, obviamente, era a placa-mãe. Cassie provou o capacete, mas era um pouco grande demais. O pai era um pouco mais alto; quando ela ergueu o traje, ficou claro que não serviria nela.

Não dava para entender de onde vinha a energia. O capacete não tinha bateria nem fonte elétrica, mas tinha que tirar força de algum lugar. Ela não fazia ideia de como ligar, também, porque não tinha botão liga/desliga. Havia uns tubinhos, no entanto – os que continham o gás com as partículas Pym. O pai nunca explicara como elas funcionavam – dizia sempre que seria "perigoso demais" contar, seja lá o que isso significava –, mas ela sabia que as partículas encolhiam as coisas. Uma coisa de que Cassie tinha certeza: o traje não era uma piada. Tinha uma tecnologia séria e complexa, o que significava que tudo que o pai lhe contara sobre o Homem-Formiga podia mesmo ser verdade.

Cassie ouviu passos na porta de entrada; alguém se aproximava pelo corredor. Ela guardou o traje de volta no cofre o mais rápido que pôde. Poderia ser um dos agentes do FBI zanzando de um lado para o outro, ou talvez um vizinho. Mas então Cassie ouviu a chave girando na fechadura. Agachada, a garota empurrou as caixas de volta para dentro do armário, bloqueando o cofre, e tinha acabado de se levantar quando o pai entrou.

– Oi – disse Cassie, tentando agir naturalmente.

O pai devia tê-la visto agachada – parecia meio desconfiado.

– Oi, que tá fazendo?

– Nada – disse Cassie. – Tava, hã, procurando minhas luvas.

– Luvas? Tá uns vinte graus hoje.

Cassie queria ter pensado numa desculpa melhor. Luvas em maio foi bem burro.

– É pra um trabalho da escola – disse Cassie.

– Trabalho?

– Estamos mexendo com gelo, num freezer, na aula de Ciências, então preciso levar as luvas.

Isso fez ainda menos sentido, mas obviamente soou razoável o bastante para o pai, que disse:

– Ah, entendi. Como foi seu dia?

– Não tão ruim – respondeu Cassie.

– Que bom – disse Scott. – Fiquei preocupado. Desculpa de novo por te envolver em tudo isso.

– Sem problema.

Cassie deu um beijo no rosto do pai. Depois foi para o quarto e fechou a porta.

Foi difícil acreditar que poucos minutos antes ela estivera tão receosa do futuro. Agora que tinha um plano incrível para se vingar da Nikki, mal podia esperar para ir à escola no dia seguinte.

6

Estou precisando de indicação de babá, você pode me ajudar, Baixinho? Ouvi dizer que você arranjou uma ótima.

A mensagem era de Tony Stark.

Scott estava no trabalho, no depósito de cabos do escritório da NetWorld no centro, com Carlos Torres, o agente que, supostamente, estava tomando conta dele. Obviamente, Tony ouvira falar da ordem de proteção através das diversas fontes que tinha e naturalmente estava rolando de rir da situação.

Scott respondeu:

Haha

Em seguida acrescentou:

Se essa história toda de Homem de Ferro não der certo, talvez devesse fazer comédia stand-up

Tony respondeu:

Se você continuar me dando material bom assim, vou acabar fazendo isso mesmo

Scott teve que sorrir. Tony vinha provocando Scott há anos por causa de sua estatura, digamos, menor no mundo dos super-heróis, mas mesmo não gostando muito das brincadeiras, tinha se acostumado a elas. Como poderia ficar chateado com Tony depois do cara tê-lo ajudado tantas vezes? Tony chegara a arranjar um emprego para ele nas Indústrias Stark quando Scott resolvera andar na linha e ninguém queria contratar um ex-criminoso que tinha ficado preso um bom tempo por assalto à mão armada. Tá, beleza, Tony tinha feito isso como um favor a Hank Pym por serem velhos amigos. Mas de certo modo, Tony salvara a vida de Scott, dando-lhe a base de que precisava para seguir um caminho legal e ser um bom pai para Cassie. Os dois eram mais do que colegas Vingadores – eram amigos.

Mas a razão principal pela qual Scott não conseguia ficar chateado com as cutucadas de Tony era porque concordava com ele. Tinha mesmo a sensação de que o FBI estava cuidando dele como uma babá, acompanhando-o pela cidade. Afinal, como Homem-Formiga, ele podia se garantir contra praticamente qualquer um. Concordava que Cassie precisava de proteção – melhor prevenir do que remediar –, mas a ideia de que Willie Dugan representava uma ameaça séria para ele era ridícula. Scott tentava manter em mente que se encontrava nessa situação em parte porque o FBI não sabia que ele era o Homem-Formiga. Não se tratava apenas da segurança dele, mas também da de sua família, então tinha que segurar as pontas e engolir as piadinhas de Tony. Mas isso não mudava a maneira como se sentia.

Ocorreu a Scott, contudo, que ele não precisava ficar aguentando o fato de sua família estar sob medida preventiva e esperando que Dugan aparecesse. Outra opção era partir para a ofensiva: vestir o traje do Homem-Formiga no meio da noite, escapulir e rastrear o cara. Poderia confrontá-lo, onde quer que estivesse escondido, e intimidá-lo, convencendo-o a ficar longe de Scott e sua família.

No entanto, havia alguns problemas com essa ideia. Para começar, teria que encontrar Dugan. O FBI vinha conduzindo uma caçada em âmbito nacional atrás do cara e não tinha conseguido localizá-lo, então, como Scott poderia fazer isso sozinho? Até onde ele sabia, Dugan estava em algum lugar perto de Nova York. Scott poderia pedir ajuda a Tony, ao Aranha e até ao Capitão, mas um bandido foragido da cadeia não era um motivo lá muito adequado para envolver o armamento pesado. Não era o mundo todo que estava em perigo – apenas a família de Scott, pelo visto. Com sorte a situação se resolveria muito em breve, e sem a participação do Homem-Formiga.

Scott estava se preparando para ir com sua equipe fazer a instalação de uma rede no centro quando seu chefe – Jeff, presidente da empresa – pediu que ele fosse até sua sala.

Havia uma rígida divisão na empresa entre os caras de colarinho branco, do setor de vendas e marketing, e os de colarinho azul, da instalação de cabos. Scott não travara nem uma única conversa com Jeff desde que fora contratado pela empresa há cerca de dois anos – com exceção de um "oi" que trocavam no elevador ou no banheiro masculino.

A sala de Jeff tinha paredes de vidro e ficava bem de frente às fileiras de cubículos. Jeff fechou a porta. Não pediu para que Scott se sentasse. Scott chegou a pensar que estava prestes a ser demitido, mas ele sabia que era Juan do Recursos Humanos, apelidado de "o assassino", que era responsável pelas demissões.

– Olha – disse Jeff, apontando para Carlos, que esperava atrás do vidro. – Sei que esse cara é do FBI, que não devo perguntar o que tá acontecendo, e nem vou. Não preciso saber o que não preciso saber, se é que me entende.

Scott não entendeu muito bem do que Jeff estava falando.

– Eu *acho* que entendo.

– O que eu quero dizer – Jeff prosseguiu – é que não quero confusão aqui, entende?

– Não vai ter confusão nenhuma – disse Scott.

– Que bom – Jeff disse. – Porque eu sabia do seu passado quando te aceitei aqui, mas você prometeu que o passado ficaria no passado.

– É verdade... eu te prometi isso.

– Bom, mas não tá parecendo que você tá cumprindo a promessa – reclamou Jeff.

– Isso não é o que você tá pensando – Scott disse. – Eles só estão sendo exageradamente cautelosos a respeito de uma situação que não tem nada, nada mesmo a ver comigo. Tenho certeza de que daqui uns dias tudo isso vai ter acabado.

Scott esforçou-se ao máximo para dizer isso com confiança e convicção, mas sabia que não estava convencendo nem a si mesmo.

– Bom, espero que sim... pro seu bem – disse Jeff. Ele deu as costas a Scott e continuou: – Pode ir, agora.

O cara podia ter dito algo como "está dispensado". Scott odiava sentir-se impotente, não tendo escolha a não ser engolir toda essa bobagem e desrespeito. Como Homem-Formiga, estava habituado a certa falta de respeito da parte de seus colegas, mas sempre era na brincadeira. No trabalho era diferente, sendo tratado de jeito tão frio e insensível pelo chefe. Porém, visto que precisava do emprego, não tinha escolha a não ser engolir aquele sapo.

O bom era que podia virar o Homem-Formiga. Isso sempre o fazia sentir-se poderoso, o polo oposto de como se sentia no trabalho. Era ótimo também para aliviar o estresse.

No meio tempo, ele fazia a coisa certa. Manteve as emoções sob controle; não surtou, não ergueu a voz e nem disse nada de que se arrependeria. Em vez disso, disse:

– Obrigado, tenha um ótimo dia.

E obedientemente saiu da sala. Dera um duro danado para construir uma carreira honesta. Não ia botar tudo a perder com uma ou outra palavra descuidada.

Scott seguiu com o restante do dia, tentando manter o foco. A estratégia deu certo – ele conseguiu esquecer o desrespeito de Jeff e toda a situação da ordem de proteção. Quando terminou seu expediente, às seis, ele mal podia esperar para chegar em casa e passar uma noite normal com Cassie. Comprou comida chinesa para o jantar. Se ela terminasse a lição de casa cedo, quem sabe os dois poderiam sentar-se juntos no sofá e assistir a algum filme no Netflix.

Quando entrou no apartamento, Scott ficou surpreso ao ver Cassie ajoelhada perto do armário, como se procurasse por alguma coisa. A garota rapidamente se levantou e disse:

– Oi.

Ele perguntou o que ela estava fazendo, e ela respondeu que estava à procura de umas luvas, o que não fez muito sentido, visto que era um dia lindo de maio.

Então ela afirmou que as luvas serviriam pra algum trabalho de Ciências, envolvendo gelo. Scott percebeu que havia algo de errado com a filha, e sabia que devia ter a ver com o FBI. Como adolescente, muitas coisas a deixavam incomodada, e nesse dia esse tipo de sentimento devia ter se intensificado. Scott sentiu-se péssimo, pensando que a filha devia ter tido um dia esquisito na escola com o agente federal a seguindo para todo canto. Ele pediu desculpas por tê-la envolvido naquela situação. A garota respondeu que não tinha problema. Depois o beijou no rosto, foi para o quarto e fechou a porta.

Scott sentiu orgulho de ter uma filha tão tranquila e bem-ajustada. Apesar de tudo que ele a fizera passar em seus catorze anos de vida, era incrível como a garota lidara bem com tudo.

Assistiram a um filme depois do jantar, o último do Tom Hanks, e então foram para a cama. De manhã, como de costume, ele levantou primeiro. Deixou um recadinho na mesa da cozinha. "Tenha um ótimo dia." Depois partiu para o trabalho com Carlos na escolta.

Era outra linda manhã de primavera. Conforme caminhava em direção ao metrô, Scott reparou no monte de formigas no chão, principalmente perto de árvores e postes de iluminação, hidrantes, latões de lixo e outros objetos. Talvez fosse por conta do dia perfeito – as formigas gostam de clima bom, assim como os humanos –, mas, pensando bem, houvera uma porção de dias bonitos nos últimos tempos.

Scott chegou ao trabalho. Fazia meia hora que começara suas atividades quando Carlos veio e sussurrou em seu ouvido.

– Temos um problema.

Foram para um canto, para escapar dos ouvidos dos outros funcionários.

– Que foi? Tem a ver com Dugan? – perguntou Scott.

– Não estamos localizando sua filha.

Scott sentiu náusea, raiva e medo – principalmente medo.

– Como assim não a estão localizando?

Carlos explicou que Roger, o outro agente, ficou esperando para acompanhar Cassie à escola. Mas a garota não saiu do prédio de manhã, e ninguém conseguiu encontrá-la.

– Como assim? Ela estava no meu apartamento hoje de manhã.

Enquanto dizia isso, Scott reparou que na verdade não a tinha visto.

– Ela não está no apartamento. Nós checamos – Carlos explicou.

– Isso não faz sentido – disse Scott. – Vocês ficam plantados na frente do prédio o tempo todo.

– Eu só queria te informar do que está acontecendo – comentou Carlos.

– Ah, bom, obrigado pela ótima informação – disse Scott, já a caminho da saída.

Jeff não ia ficar nada contente por Scott ter que deixar o trabalho mais cedo, mas ele não ligava. O problema tinha a ver com Cassie, e a segurança dela era o que mais importava.

Dentro do táxi, Carlos tentou garantir que aquilo muito provavelmente não estava conectado com Willie Dugan. Contudo, Scott temia o pior. Podia ter calculado mal a situação desde o início. Talvez tivesse sido arrogância da parte dele ter menosprezado a possível ameaça que Dugan representaria para sua família, enquanto o FBI acreditava que o perigo era real. Afinal de contas, Scott não tivera contato com o ex-sócio em quase uma década, então como poderia saber mesmo quais seriam as intenções deste? Aparentemente Dugan já tinha matado três pessoas até o momento; por que não matar mais algumas?

Quando o táxi chegou à rua 78, Scott saiu correndo para o prédio. Roger, o agente do FBI que devia bancar o guarda-costas de Cassie, estava junto de George, o ríspido zelador greco-americano com seus cinquenta e poucos anos.

Roger terminava uma ligação no celular.

– Tá bom... certo... eu ligo de vol...

– Você devia estar protegendo ela – Scott interrompeu.

– Ele chegou – Roger disse ao celular, depois encerrou a chamada. – Tá, fica calmo.

– Minha filha sumiu, e você quer que eu fique calmo?

– Tem certeza de que ela estava no apartamento hoje de manhã?

– São vocês que estão vigiando o lugar!

– Ela não deixou o recinto – disse Roger. – Nós teríamos visto.

– Talvez ela esteja no prédio, em algum lugar – disse Scott. – Já foram ver nos outros apartamentos, no porão?

– Verificamos tudo – disse George. – Ela não tá aqui.

Scott não gostou do tom do zelador. Ele parecia irritado e cansado, do jeito que agia quando tinha que consertar um vaso sanitário. Para ele, a filha desaparecida de alguém era apenas um inconveniente que complicava seu dia.

– Vão ter que verificar de novo – disse Scott. – E a cobertura? Já procuraram na cobertura?

– A porta que dá pra cobertura é parafusada por dentro – disse George. – Ninguém saiu por lá.

– Procurem na cobertura – Scott insistiu.

George entrou relutante no prédio.

Carlos juntou-se a Scott e Roger.

– E a escola? – perguntou Scott.

– Ela não está lá, acabei de checar – disse Roger.

– Temos que checar de novo – disse Scott.

– Ei, aonde você...

Scott nem esperou que o policial terminasse. Pôs-se a correr em direção à escola de Cassie.

– Espera – Carlos gritou, indo atrás dele. – Você não pode ir sozinho.

Scott estava farto dessa história de medida preventiva. Queria poder lidar com a questão sozinho, levar a briga até Dugan em vez de ficar esperando que a briga viesse até ele. No fim das contas, se Dugan estivesse mesmo envolvido com isso – se o cara machucasse Cassie –, Scott jamais se perdoaria.

Ele entrou direto na sala da direção e falou com a primeira pessoa que viu, uma loira de uns vinte anos.

– Minha filha, Cassie Lang, veio à escola hoje?

– Não faço atendimento – disse a moça.

– Quem atende?

– A Bárbara. Ela não está na mesa dela.

– Quando ela volta?

– Senhor, você vai ter que esperar.

– Não posso esperar. Não tem como você ver isso?

– Senhor...

Carlos entrou, ofegante por conta da corrida. Mostrando o distintivo, disse:

– FBI. Faça o que ele pede.

A moça foi até uma mesa, pegou a lista de chamada do dia e disse: – Não, ela está ausente hoje.

Scott soltou um palavrão. Deu meia-volta e chutou uma mesa, derrubando uma planta; o vaso estilhaçou no chão.

O diretor entrou apressado e perguntou:

– Que tá acontecendo aqui?

Scott já conhecia o diretor, um careca atarracado – Michael alguma coisa. Deixou que Carlos explicasse que Cassie tinha desaparecido.

– Como sabem que ela sumiu? – perguntou Michael.

Scott estava impaciente demais para lidar com esse tipo de pergunta. Ele disse:

– Como vocês sabem que ela não veio hoje? Talvez haja um engano. Tem como chamar o professor dela?

A loira foi fazer uma ligação. Scott notou várias formiguinhas, em fileira, marchando pelo piso. O que não era incomum, claro.

Ou será que era?

Olhou para a parede, perto da porta, e viu mais algumas ali também.

– Com certeza há uma explicação – disse Michael. – Então isso tem a ver com a questão da medida preventiva? Outro agente conversou comigo ontem.

– Não temos certeza de que há relação – explicou Carlos.

Scott olhou para o corredor e viu uma garota sendo levada por uma professora à enfermaria. A menina tinha uma toalha cheia de sangue apertada contra o nariz.

– Espero que esteja tudo bem – disse Michael. – Desculpe, esta manhã está sendo uma loucura, e o dia está só começando.

– Por que loucura? – Scott perguntou.

– Houve um incidente na aula de Educação Física – Michael disse.

– Que tipo de incidente?

Michael lançou um olhar como se perguntasse "que diferença isso faz?". Em seguida disse:

– Aparentemente houve algum tipo de acidente.

A loira da secretaria se aproximou.

– Acabei de verificar com o professor-base dela. Ela não veio mesmo à escola hoje.

Uma ideia começava a cutucar Scott, uma possível explicação para tudo aquilo, mas ele preferiu nem pensar nela. Ainda não, pelo menos.

Ao sair correndo da escola, ouviu Carlos perguntando:

– Ei, aonde você vai agora?

Scott retornou ao seu prédio.

Roger estava na entrada.

– Ela tá lá?

Scott passou voando por ele.

– O prédio também está sob monitoramento – disse Roger –, então tem que haver alguma explicação.

Subindo, saltando dois degraus por vez, Scott passou por George, que estava irritado e suado, e disse:

– Não tá na cobertura, como eu tinha dito.

Scott ignorou-o. Foi para seu apartamento, direto até o armário.

As caixas pareciam intocadas, e o cofre estava trancado. Talvez ele tivesse se enganado. Afinal, como Cassie poderia ter descoberto como abrir o cofre? Havia sido fabricado na Alemanha, era um dos cofres caseiros mais seguros do mercado, e ele nunca dissera a combinação a ninguém. Talvez aquilo não tivesse nada a ver com o traje do

Homem-Formiga. Talvez Cassie tivesse dito a verdade no dia anterior, e estivera de fato procurando as luvas no armário.

Mas ele abriu o cofre... e, com toda certeza, o traje havia sumido.

– Cassie, não – disse ele. – Não acredito. Por quê? Por quê?

Ele logo imaginou o pior – Cassie se machucando ou morta – e a culpa seria dele. Esforçava-se tanto para ser um pai responsável, e acabara dando à filha acesso ao uniforme que podia encolhê-la até ficar do tamanho de uma formiga. Que espécie de pai ele era? Será que merecia mesmo ser pai?

Poderia ficar se culpando mais tarde – no momento, tudo o que importava era encontrar Cassie. Se a menina vestira o traje e descobrira como operá-lo, isso explicaria o modo como ela passou despercebida pelos agentes do FBI. Mas Cassie não tinha prática com o traje. Poderia estar encolhida naquele momento, solta por aí, em algum lugar, na escola ou na cidade. E poderia sofrer um acidente fatal.

Ele estava para voltar à escola quando notou algumas formigas na parede, perto do armário. Seria possível que Cassie estivesse em algum lugar ali no apartamento?

Scott estava completamente aterrorizado, de joelhos, engatinhando para todo canto em busca da filha encolhida, quando escutou:

– O que é isso?

Roger tinha entrado.

Scott chegou a pensar em contar a verdade. Afinal, o motivo principal pelo qual ele mantinha em segredo sua identidade era a proteção da filha. Mas agora que ela podia estar em perigo, talvez fosse melhor tirar vantagem de toda a ajuda que pudesse conseguir para encontrá-la.

Estava prestes a pôr tudo para fora, contar para Roger sobre o Homem-Formiga, mas conteve-se. Ocorreu-lhe que, se Cassie estivesse mesmo do tamanho de uma unha, seria muito difícil para o FBI, ou para qualquer um, rastreá-la mais rapidamente do que ele conseguiria.

– Estou só procurando minhas, hum, chaves – Scott respondeu.

– Ah – Roger disse. – Eu ajudo.

– Não, – Scott soltou. Depois, mais calmo, disse: – Quer dizer, posso encontrar sozinho, obrigado. Na verdade, eu queria ficar um pouco sozinho, pode ser?

– Claro, eu entendo – disse Roger. – E só pra te avisar: mandamos um comunicado para o departamento e para todos os federais da área. Vamos localizar a Cassie em breve, prometo.

Ah tá, espero que todos estejam usando lupas, pensou Scott.

– Fico muito grato – disse. – Tenho certeza de que ela tá escondida em algum lugar. Sabe, pra fazer graça.

– Com certeza é isso – disse Roger.

Quando este saiu, Scott voltou a engatinhar pelo apartamento, dizendo:

– Cassie? Cassie, onde diabos você está?

7

QUANDO CASSIE OUVIU A PORTA da frente se fechar – indicando que o pai havia saído para trabalhar –, ela foi correndo até o armário, abriu o cofre e pegou o traje do Homem-Formiga. Arrumou tudo no armário para parecer que ninguém mexera e fechou a porta.

Como esperava, o traje não servia nela, mas ela teve uma ideia. Se o gás Pym encolhia as pessoas, não poderia encolher objetos como o próprio traje? Valia a pena tentar.

Cassie abriu o tubinho e apertou uma barrinha de metal. Não aconteceu nada. Tentou de novo, com mais força, e o traje subitamente encolheu para o tamanho de uma roupa de Barbie. Uau, muito legal, mas acabou ficando difícil de encontrar novamente a barrinha. Encontrou, com a unha, e puxou na direção contrária. O traje expandiu-se, mas continuava pequeno demais para ela. Foi preciso tentar muitas vezes, mas finalmente ela conseguiu que o traje e o capacete coubessem perfeitamente nela.

O capacete tinha antenas e uma abertura para a boca, e aberturas para enxergar que lembravam os grandes olhos de uma formiga. Uau, seria ótimo para usar no Halloween. Ela tinha ido a uma festa, certa vez, na qual um garoto estava vestido de Homem-Formiga. E se ela fosse à próxima festa de Halloween com o traje verdadeiro? Poderia fazer uma aposta: "Aposto mil dólares que posso encolher e ficar do tamanho de uma formiga", e então encolheria mesmo. Poderia fazer fortuna com esse esquema, o suficiente para comprar as roupas que quisesse. Nada de H&M – iria fazer compras na avenida Madison.

Estava pronta para encolher, mas com um pouco de medo. Não achava que o traje pudesse machucar seu corpo, ou seu pai já estaria morto àquela altura, mas sempre tinha medo de coisas que nunca tinha feito na vida. Lembrou-se de que tivera medo de andar na tirolesa naquela vez, dois verões atrás, mas acabou andando e não foi tão ruim; na verdade, foi bem divertido. Então fez o que sempre fazia quando tinha medo: fechou os olhos e fez contagem regressiva, começando no dez. O coração acelerou quando ela disse "um" e empurrou a alavanca.

Não aconteceu nada.

Ela não entendeu. Tentou mais algumas vezes; mesmo assim, nada aconteceu. Para o traje funcionar talvez fosse preciso fazer outra coisa. Não havia um botão de ligar nem nada do tipo.

– Isso seria fácil demais, né, pai? – ela disse em voz alta.

Não parecia haver nenhum mecanismo de ativação no capacete também. Havia algo como uma malha na área do queixo. Ela soprou ali, mas nada aconteceu.

Tentou lembrar-se de como o pai usava o traje. Ela o viu encolhendo somente algumas vezes, e em todas elas ficou tão impressionada ao vê-lo subitamente ficar minúsculo que não prestara atenção a mais nada.

O pai lhe contou sobre sua identidade secreta há apenas um ano, mais ou menos. A mãe tinha ido morar no Oregon, e Cassie ficou triste, chorando muito. O pai sentou-se junto dela e disse:

– Cassie, para mim é muito importante ser um bom pai pra você. Na verdade, é a coisa mais importante da minha vida. Minha razão de viver. E parte de ser um bom pai é ter confiança, e parte de ter confiança é ser honesto, então quero ser honesto com você sobre tudo.

Ela achou que o pai fosse pedir desculpas por alguma coisa, do mesmo modo que sempre pedia à mãe dela por todas as coisas ruins que fizera no passado. Em vez disso, ele falou que tinha de contar um "grande segredo" que vinha escondendo dela.

Foi quando contou sobre o Homem-Formiga e o Dr. Pym. Contou que tinha a habilidade de encolher e ficar pequeno como uma formiga, mas mantendo sua força proporcional, e que podia se comunicar com outras formigas, e que às vezes embarcava em missões junto de outros super-heróis para lutar contra o mal em Nova York e ao redor do mundo.

Claro que ela não acreditou nele. Achou que fosse só uma historinha boba para fazê-la sentir-se melhor, como quando os pais inventam para os filhos que existe uma fada do dente. Mas então ele disse que ia mostrar, e vestiu o traje. Ela continuava achando que era mentira, mas ainda assim queria acreditar naquela mentira. Que garota não ia querer acreditar que o pai é um super-herói?

– *Tá, pronto* – disse ele. – *Afaste-se. E quando eu encolher, não entre em pânico. Vou continuar falando com você com a mesma voz, e posso voltar ao tamanho normal a qualquer momento. Você tá bem? Promete que não vai se assustar?*

Ela ainda achava que era tudo palhaçada. Ele diria "oops, não funcionou hoje, quem sabe na próxima vez?", mas estaria tudo bem, mesmo assim, porque ela sabia que era tudo invenção. Não esperava que nada acontecesse de fato.

Mas então ele fez – bem na frente dela. Ativou o gás Pym – dessa parte ela se lembrava – e no instante seguinte foi como se ele tivesse desaparecido.

– *Cassie, eu tô aqui. Acena pra mim.*

Então ela o avistou no chão, do tamanho de uma formiga.

– *Ai meu Deus* – ela disse, e se agachou diante dele para poder ver melhor.

Era o pai dela mesmo. E, sim, estava acenando para ela.

Mas naquele momento, enquanto tentava descobrir como ativar o traje do Homem-Formiga, começou a se sentir ridícula. Afinal, por que queria fazer aquilo? Seu pai ficaria tão furioso com ela se descobrisse. Valia a pena tudo aquilo só para se vingar de Nikki? Seria muito bom fazer isso, mas não faria Tucker McKenzie se esquecer do que vira no Instagram – e não o faria querer ficar com ela, que é o que ela realmente queria.

Estava prestes a desistir, guardar o traje, quando sentiu algo como uma alavanca na manga do traje acima da mão esquerda. Havia outra na direita também. Ela empurrou a da esquerda para cima e sentiu um zumbido no corpo, tipo um leve choque elétrico – parecido com quando estava de blusa de lã e tocava uma maçaneta de metal num dia frio. Ela testou o outro lado, e aconteceu a mesma coisa. Foi esquisito e interessante, mas eram apenas leves choques; não parecia estar acontecendo nada. Provavelmente, só tinha a ver com o material de que o traje era feito.

Então, só por via das dúvidas, a garota empurrou as duas alavancas ao mesmo tempo *enquanto* soltava o gás Pym e, definitivamente, algo aconteceu porque subitamente ela só conseguia enxergar uma coisa cinza enorme e peluda. Estendeu a mão e tocou a coisa; parecia um dente-de-leão macio. Peraí, aquela coisa cinza era uma *bola de poeira*?

Cassie olhou para a esquerda e viu mais coisas cinza por cima de algo que se parecia com um amplo campo azul. Conhecia aquele campo azul: era o carpete.

– Ai meu Deus, isso é tão legal – ela disse.

Deu um passo à frente, e suas pernas estavam normais. Agitou as mãos – normais também. Tudo nela parecia estar normal. Bom, tirando o fato de que estava do tamanho de uma formiga.

Então ela tentou correr. Grande erro. Num instante, passou voando por cima do carpete inteiro e colidiu contra alguma coisa, talvez a mesa de cabeceira. Porém, não se machucou – fosse lá qual fosse o material do traje, com certeza era muito resistente.

Cassie tentou correr de novo, e dessa vez entrou num borrão de branco – provavelmente uma parede. Continuou correndo por um tempo, trombando nas coisas e quicando como se fosse uma bola dentro de uma máquina de fliperama gigante. Deu-se conta de que era como esquiar ou andar de patins: no começo mandaria muito mal, mas acabaria pegando o jeito. Aquilo era muito mais divertido do que qualquer brinquedo em que ela já andara em qualquer parque de diversões que estivera, ou do que qualquer vídeo game que jogara. Como é que o pai nunca lhe contara como era incrível ser o Homem-Formiga?

A menina riu e, embora a risada tenha soado como de costume, imaginou se as pessoas poderiam ouvi-la, se poderiam ouvir sua voz.

Havia uma série de coisas que ela precisava aprender sobre o traje, e com certeza era muito mais divertido do que ir à escola.

Imaginou o que aconteceria se ela pulasse.

Péssima ideia.

Ela saltou o que achou que seria meio metro do chão, mas acabou se catapultando no ar e bateu a cabeça no teto. No entanto, novamente não doeu nada, e foi muito mais divertido do que assustador.

Depois de muitos minutos correndo e saltando pelo apartamento, Cassie já se sentia capaz de controlar seus movimentos. Além disso, estranhamente, ela conseguia ver os objetos claramente quando os focava, como um telescópio quando aumenta a imagem. Não sabia como conseguia fazer isso, por não estar apertando nenhum botão nem alavanca. Parecia que estava fazendo tudo só com a mente.

Ela podia ter ficado o dia todo no apartamento e se divertido pra caramba, explorando suas habilidades, mas havia um motivo para ter vestido o traje do Homem-Formiga. Não podia perder mais tempo.

Cassie passou por debaixo da porta – o que foi incrível; ela nem precisou da chave – e parou em frente à escada. Contou:

– Um, dois, três... – e pulou.

Foi perfeito... bem, quase perfeito. Ela alcançou seu destino no fim da escada, no quarto andar... mas quicou na parede, bateu no teto e cambaleou para os degraus seguintes. Gritou como se estivesse numa montanha russa até pousar no segundo andar. Não sofreu nada, mas resolveu descer os degraus um por um até o térreo.

Passou por baixo da porta do vestíbulo, depois por cima de uma cópia do *The New York Times* e saiu. Na rua, viu pernas logo à frente. Quando olhou para cima e aproximou a imagem, viu Roger, o agente do FBI, que esperava para levá-la à escola.

Para testar a voz, disse:

– Oi! Oi!

Mas Roger não reagiu. Pelo visto não tinha escutado nada.

Para fazer graça, Cassie pulou bem em frente ao rosto dele e disse:

– Até mais, bobão!

Ela ria muito, mas ele não fazia ideia. Deve ter pensado que era uma mosca ou pernilongo, porque lhe deu um tapa que a fez voar e murmurou:

– Sai daqui... – ela pode *ouvi-lo* perfeitamente... e em seguida caiu em cima de uma lata de lixo.

– Ei, isso não foi legal! – disse ela. Depois pulou para a calçada e seguiu para a 1ª avenida.

Foi quando viu todas as formigas.

Já tinha visto imagens ampliadas de formigas em livros e na internet, mas nada poderia tê-la preparado para aqueles insetos gigantes. Pareciam alienígenas. Alienígenas assustadores.

– Ai meu Deus, que nojo – ela disse. – Por favor... por favor, fiquem longe de mim, tá?

Ela realmente estava falando com formigas, e esperando que a entendessem?

As formigas começaram a surgir de todos os cantos, como um exército invasor. Ela estava prestes a dar meia-volta e fugir, mas foi cercada – estavam avançando para cima dela.

Contudo, logo ficou claro que as formigas não tinham intenção de machucá-la. Ela não captava uma vibração de ameaça, e achava até que tinha se acostumado um pouco com a aparência dos insetos assim de perto, porque já não estavam mais tão assustadoras. Na verdade, elas é que pareciam estar com medo *dela*, ou, ao menos, admiradas. Formaram fileiras ao redor de Cassie, observando-a do mesmo modo como as pessoas ficam paradas vendo o presidente, ou alguém famoso, passando num desfile. Ela sentiu lealdade, respeito, até mesmo amor da parte delas.

E outra coisa esquisita: vendo-as daquele jeito, tão de perto, dava para reparar que eram diferentes entre si. Cassie sempre pensara que toda formiga tinha a mesma aparência, mas agora podia ver que do mesmo modo que os humanos têm traços diferentes que os distinguem uns dos outros, as formigas também tinham. Tamanhos diversos de olhos, antenas, pernas, a cor, até mesmo expressões faciais. Havia formigas crianças, adolescentes, adultas e mais idosas, com cara de avô sabe-tudo. E havia também uma sensação de comunidade, ordem – como com os humanos.

Cassie passou lentamente por entre as formigas, sentindo-se tão diferente de como se sentia na escola, principalmente nos últimos tempos. Lembrou-se de como Nikki e as amigas riram dela no dia anterior, na hora do almoço. Às vezes, na escola, ela achava que ninguém realmente se importava com ela. Tá, tudo bem, tinha alguns bons amigos – mas até Nikki, que achava que era sua melhor amiga, se virara contra ela. Se não dá pra confiar na melhor amiga, a gente vai confiar em quem?

Mas, por mais estranho que fosse, Cassie confiava naquelas formigas – mais do que confiaria em qualquer humano, a não ser seu pai. Sentia que elas a respeitavam; sabia que poderia sempre contar com elas. As formigas a faziam sentir-se confiante, importante.

Ela mal podia esperar para chegar à escola e botar o plano em ação.

Cassie meio que trotou pela rua, com receio de ir rápido demais. A 1ª avenida não estava tão longe, e ela preferiu evitar o tráfego. Teve que passar por cima de folhas, galhos, chiclete, papel de bala, cuspe, cocô de cachorro – ainda tinha olfato humano, isso era certo – e mais coisas igualmente nojentas. Algumas coisas ficavam tão esquisitas vistas de perto que não dava nem para ter certeza do que eram. Ainda não tinha visto nenhum outro inseto, e com certeza não estava com a menor pressa de encontrar uma barata – seria superassustador! Passou, sim, por um cachorro preso à coleira, algo que foi incrivelmente fantástico. Era um poodle miniatura do tamanho de cinco elefantes.

Tentava desviar das pessoas e manter-se longe dos pés imensos quando ganhou a calçada na 1ª avenida. Tinha medo de que alguém pisasse nela, mas imaginava o que aconteceria se alguém pisasse. Não achava que seria esmagada – se fosse o caso, o pai já teria sido esmagado umas mil vezes.

De repente, como esperado, uma bota gigante – daquelas de camurça marrom – veio para cima dela, e tudo ficou escuro por um segundo. Ela se sentiu encurralada, como se estivesse num quartinho e as luzes fossem apagadas subitamente. Parte do sapato pressionava a cabeça dela, mas, incrivelmente, não doía nada. Então, como se nada tivesse acontecido, a pessoa seguiu adiante e Cassie ficou numa boa.

Uau. Se ela estava tão forte assim que um homem de uns noventa quilos pisando em cima dela não lhe causava nada, quão forte estava?

Ora, por que não descobrir? Na esquina seguinte, a menina parou em frente a um latão de lixo de metal que, claro, para ela estava gigantesco. Estendeu uma das mãozinhas e empurrou o metal. Foi como tentar derrubar um prédio. Contudo, como esperado, a lata tombou na rua e espalhou todo o lixo.

A sensação era maravilhosa. Ela se sentiu como se fosse a pessoa, ou inseto – tanto faz, oras! – mais forte do mundo. Não era de se admirar que aquelas formigas estivessem alinhadas, demonstrando tanto respeito.

Cassie passou correndo por debaixo das portas do Colégio Eleanor Roosevelt. Viu mais algumas formigas aqui e acolá, observando-a com curiosidade, talvez assombro, conforme seguia adiante. Ela focalizou um relógio e viu que eram umas nove e pouco. Ou seja, hora da aula de Educação Física. Seria perfeito!

O ginásio de esportes ficava no segundo andar. Subir os degraus, ela percebeu, era mais complicado do que descer. Ela foi pulando um por um, o que era bem cansativo. Tinha de haver um jeito mais fácil de subir escadas – talvez pelas paredes, como faziam as formigas –, mas não havia tempo para testes.

Cassie chegou ao segundo andar e correu pelo corredor na direção do ginásio, mais uma vez desviando de sapatos e outros objetos. Foi quando viu o Sr. Griffin, seu professor de Matemática, conversando com outro professor. Cassie parou e escutou um pouco da conversa. Não falavam sobre nada de interessante, só a respeito de um programa de TV que os dois estavam acompanhando, mas seria tão legal seguir os professores o tempo todo, e os colegas também, para escutar tudo o que diziam quando ela não estava perto. Era como ser invisível, mas muito melhor.

Teria sido incrível encontrar Tucker McKenzie, espiá-lo o dia todo e descobrir o que ele realmente pensava dela. Mas ela sabia que não tinha muito tempo. Roger já devia ter sacado que ela tinha sumido, e não tardaria muito em chamar o pai dela. Era preciso voltar para casa e guardar o traje do Homem-Formiga de volta no cofre antes que o pai percebesse que ela o tinha pegado.

No ginásio, todas as meninas estavam em fileira para treinar lance livre de basquete. Cassie era péssima no esporte – que bom que estava matando essa aula. Ela avistou Nikki na fila, falando com Keely, umas de suas amigas.

– Sei lá. Não quero – disse Nikki.

– Ah, para com isso, vai ser tão legal – disse Keely.

– É, talvez, não sei – disse Nikki.

– Você vai mudar de ideia – Keely retrucou.

Cassie não tinha a menor ideia do que as duas estavam falando. Adoraria ter ficado para escutar o restante da conversa, esperar até que dissessem algo interessante, mas não queria perder mais tempo. Então ela pulou nas costas de Nikki, na altura da cintura – que lhe pareceu gigantesca, claro. Então, agarrando os shorts da menina com as duas mãos, Cassie saltou como quem salta de paraquedas só que de uma montanha, o tempo todo sem soltar o elástico. Como esperado, o shorts caiu, e Nikki ficou só de calcinha na frente de todo mundo.

A menina ficou confusa e chocada. E só piorou a situação quando gritou, então todas as meninas ao redor olharam para ela e caíram no riso. Cassie ria muito também. Ela saltou fora do elástico assim que Nikki puxou o shorts para cima.

– Ai meu Deus, por que fez isso comigo? – Nikki perguntou à Keely.

– Quê? – disse Keely. – Não fiz nada!

A professora de Educação Física, a Sra. Jill, que era sempre muito rígida e meio malvada, se aproximou e disse:

– O que está acontecendo aqui?

– A Keely puxou meu short pra baixo – disse Nikki.

– Não puxei, não – protestou Keely.

Nikki e Keely continuaram discutindo, e Jill avisou que as deixaria no banco de castigo até o final da aula se não se comportassem. Enquanto isso, Cassie e as outras meninas continuavam rindo. Uma pena Tucker McKenzie não estar ali – teria sido ainda mais perfeito.

A Sra. Jill soprou o apito, e o treino de basquete continuou. E então Cassie teve outra ideia. Havia um monte de bolas de basquete num canto, não muito longe da cesta na qual Nikki praticava. Cassie passou para trás de uma das bolas, que para ela tinha o tamanho de uma roda gigante; quando Nikki se aproximou da cesta e estava prestes a fazer um lance, Cassie jogou a bola nela. A ideia era só assustar a menina e fazê-la errar o arremesso, mas ainda havia muito que aprender no controle da força e dos movimentos do Homem-Formiga, ou Menina-Formiga, ou seja lá quem ela fosse. Ela arremessou a bola muito mais forte do que pretendia, e atingiu o nariz de Nikki. Foi tão forte que deu pra ouvir um *crunch* bem alto.

Nikki começou a gritar e chorar, jorrando sangue pelo nariz no piso do ginásio. A professora não viu o que aconteceu, mas supôs que Keely estava envolvida e gritou com ela, mandando-a para a diretoria. Instruiu também outro aluno, Julien, a ir chamar a enfermeira. Só depois foi dar atenção a Nikki, e tentar acalmá-la. Mandou as demais alunas saírem da quadra e irem para o refeitório.

Cassie sentiu-se péssima. Não queria de fato machucar Nikki – só dar um sustinho nela.

– Ai meu Deus, me desculpa! – disse, e então viu algo que parecia ser uma imensa bola de sangue vindo em sua direção. Saiu do caminho antes que a alcançasse – aquilo teria sido muito nojento.

E então ela entrou em pânico. Por todo o tempo, desde que tivera a ideia de pegar emprestado o traje do Homem-Formiga, tinha ficado tão empolgada vendo o mundo da perspectiva de uma formiga e descobrindo todos aqueles poderes legais, que jamais havia pensado sobre as possíveis consequências. Tinha acabado de machucar Nikki, provavelmente quebrado o nariz da menina, mas e se tivesse feito coisa ainda pior? Ela só quis, então, voltar para casa e guardar o traje antes que alguém descobrisse – ou que causasse ainda mais problemas.

A menina disparou pelo piso da quadra, passando pela enfermeira, que corria para prestar socorro a Nikki, e seguiu pelo corredor, andando dessa vez pela parede, para ficar fora do caminho da multidão de alunos. No final do corredor, viu Tucker McKenzie e parou.

Reconheceu primeiro os tênis do garoto, os Nikes com as cores dos Knicks, laranja e azul, e então olhou para o rosto dele. Mesmo daquele ângulo esquisito, o menino era incrivelmente bonito. E estava obviamente falando sobre o que tinha acontecido na quadra.

– Quem fez aquilo? – ele perguntou.

– Ninguém sabe – o outro menino respondeu.

– Disseram que a bola simplesmente voou e acertou nela sozinha – disse outro.

– Cara, isso é tão louco.

Cassie focalizou o rosto de Tucker. Não era de se admirar que estivesse tão a fim dele. Era o menino mais gato que já vira na vida.

De repente o Nike veio parar em cima dela, e ela ficou presa num vão embaixo da sola. Estava presa mais uma vez, como numa cela escura. No entanto, não sentiu medo, apenas frustração.

– Anda, sai daqui, Tucker – disse Cassie. – Preciso ir embora.

Finalmente, talvez um minuto depois, Tucker saiu andando, provavelmente indo para a sua próxima aula. Cassie desceu as escadas, correu para a entrada do colégio, derrapou ao virar no corredor e saiu.

Foi correndo pela 1ª avenida, evitando obstáculos, como anteriormente, e então viu o pai – e Roger logo atrás dele – correndo para a escola. Será que o pai tinha descoberto que o traje do Homem-Formiga estava sumido? Com certeza ela receberia um belo castigo – o maior que já recebera.

Cassie atravessou a rua, notando mais formigas ao redor, e finalmente chegou ao prédio. Pulou as escadas, degrau por degrau, o mais rápido que pôde. Seu pai a estava procurando na escola, e quando descobrisse que ela não fora à aula, voltaria para casa. Era preciso retornar ao tamanho normal e guardar o traje antes de ele voltar. Finalmente, ela chegou ao quinto andar. E viu George, o zelador, vindo em sua direção.

O cara parecia irritado com alguma coisa. Ele parou de andar e olhou para baixo, fitando-a diretamente. Foi a primeira vez, desde que encolhera, que um humano olhava direto para ela, e ter aquele rostão encarando-a foi aterrorizante. Então ele fez uma careta e disse:

– Malditos insetos.

Em seguida seu imenso sapato preto voou rápido para cima de Cassie. O zelador queria esmagá-la.

Ela escapou do sapato – que pareceu fazer todo o piso tremer – por um segundo. Teve receio de que o homem percebesse, caso olhasse bem para ela, que de fato não era um inseto. Cassie correu e deslizou por debaixo da porta do apartamento em busca de segurança.

Bom, nem tanta segurança assim. Ainda tinha que voltar ao tamanho normal. Ela pressionou as alavanquinhas das mangas simultaneamente, pensando que esse poderia ser o truque, mas não aconteceu nada. Tentou movê-las na direção oposta, mas nada de novo.

– Por favor – disse. – Anda...

Estava começando a entrar em pânico, com medo de nunca mais poder voltar ao tamanho normal.

Cassie manejou as alavancas para todos os lados, mas mesmo assim nada aconteceu – nem mesmo aquela sensação esquisita, aquele zumbido de antes. Ela só queria tirar aquele uniforme, mas teve medo de fazer isso estando daquele tamanho. Quis ser forte, não chorar, mas seus lábios começaram a tremer e algumas lágrimas rolaram pelas bochechas.

A porta da frente se abriu, e seu pai entrou. Parecia gigantesco, mas ela já estava se acostumando a ver as pessoas desse ângulo.

– Pai! – ela gritou. – Pai, eu tô aqui! Paiê!

Ele não podia escutá-la, é claro. A menina sentiu como se estivesse num daqueles sonhos angustiantes em que a gente quer fazer alguma coisa ou chegar a algum lugar, mas continua se distraindo, ou não tem velocidade ou força suficiente, e a única coisa que se quer fazer nunca se consegue. Só que aquilo não era sonho – era um pesadelo completo.

O pai foi direto para o armário, checou o cofre, isso quer dizer que ele deve ter descoberto de alguma forma que ela havia pegado o traje. E isso era uma coisa boa, ela refletiu, porque então ele tentaria encontrá-la. Dito e feito: ele ficou de joelhos e saiu engatinhando.

– Pai, aqui embaixo! Aqui! – ela gritava.

E então Roger entrou no apartamento. O pai inventou uma desculpa, disse que estava procurando suas chaves, e conseguiu fazer com que ele o deixasse sozinho.

– Cassie? Cassie, cadê você, filha?

Ela nunca tinha visto o pai assim tão preocupado.

– Aqui, pai! – A menina pulava, acenando com os braços. – Aqui!

– Cassie. Achei.

Ele estendeu sua mão gigante, e a menina pulou sobre ela. Então ele a trouxe para perto do rosto. Seus olhos brilhavam, furiosos.

É, o castigo seria dos grandes.

Imenso.

8

8

SCOTT FICOU EMOCIONADO, bravo e morto de medo. Emocionado por ter encontrado Cassie, bravo por ela o ter colocado naquele inferno matinal, e morto de medo de não conseguir devolver a filha ao tamanho normal.

– Pelo amor de Deus, Cassie – ele disse, vendo a miniatura da filha na palma de sua mão. – Por que você fez isso, hein? Por quê?

Não esperava que ela respondesse. Era bastante difícil aprender a modular a voz no traje do Homem-Formiga; já era impressionante ela ter descoberto como fazer para encolher e ter se virado por aí. Era uma menina esperta, mas também muito ousada – uma combinação perigosa.

– Deixa pra lá – disse ele. – Com certeza tem um motivo, mas não me importa agora. Só quero te ajudar, tá me entendendo?

Mal dava para ver a cabeça dela, mas conseguiu ver que ela assentiu.

– Que bom. Agora, vou te colocar de volta no chão, e quero que faça exatamente o que eu mandar, tá?

Ela assentiu novamente.

Scott pousou a mão no chão, e a menina pulou. Aquela era sua filhinha, a coisa mais importante da sua vida, e estava menor que uma borracha de lápis. Como pai, ele nunca havia se sentido tão impotente.

– Não se preocupe, vai ficar tudo bem. Eu prometo.

Mas o fato era que ele não tinha a menor certeza disso. Nunca tivera que explicar a ninguém como usar o traje do Homem-Formiga, e aprendera tudo com apenas uma única pessoa, Hank Pym. Cassie era adolescente, ainda estava crescendo, e era menina. Ele não tinha ideia de como essas variáveis afetariam a tecnologia.

– Certo. – A voz dele tremia, não podia evitar. – Você tem que ativar o gás expansor. O que quero que faça é tocar essas alavancas de controle na manga. Você já as encontrou, tenho certeza, mas agora você precisa mantê-las abaixadas e contar até cinco, e, ao mesmo tempo, pender a cabeça pra baixo, colar o queixo no peito. Tá, vamos contar até cinco. Um, dois...

Alguma coisa bateu em Scott como um soco aplicado bem embaixo do queixo. Ele foi catapultado para trás e colidiu contra a porta do armário. Demorou alguns segundos para ele se orientar e perceber que tinha sido atingido pelo capacete do Homem-Formiga, quando Cassie retornou ao tamanho normal.

Scott, meio tonto, conseguiu levantar-se.

– Cassie, você tá bem? Fala alguma coisa. *Por favor* – ele disse, agarrando a filha pelos braços.

– Tá... tá tudo bem, pai.

Dava para ver que estava assustada. O jeito que dissera "pai" o tocara. Sempre tocava; sempre tocaria.

– Graças a Deus! – Ele abraçou a menina o mais forte que pôde sem machucá-la e disse: – Você não tem ideia de como fiquei preocupado.

– De-desculpa. Nunca mais vou fazer isso. Eu juro, pai.

Ele tirou o capacete da cabeça dela e deu-lhe uma chacoalhada.

– Tá bem mesmo? Como se sente?

– Totalmente normal. Assim, quero dizer fisicamente.

– Tem certeza? Todos os órgãos do seu corpo, inclusive o cérebro, se encolheram e se expandiram novamente. Vai saber que efeito isso pode causar em você.

– Eu sei, mas tô superbem, juro.

– Onde você nasceu?

– Quê?

– Em qual cidade você nasceu?

– São Francisco.

– Qual era o nome do seu primeiro cachorro?

– Duncan. Já disse, pai, eu estou bem.

– Espero que sim. Espero mesmo que sim.

– Com que você tá tão preocupado, afinal? – Cassie perguntou. – Você faz isso o tempo todo, não faz?

– É, mas eu sou adulto. Você ainda tá crescendo. Não faço ideia do efeito que isso pode ter em você. É território desconhecido, e é perigoso, e não é algo que você podia ter feito sozinha.

– Tô me sentindo normal. Só meio boba, acho.

Agora que sabia que ela estava bem, e aparentemente ilesa, a raiva de Scott começou a se mostrar.

– Por que você fez isso? – disse Scott. – O traje não é um brinquedo, Cassie. Quantas vezes eu já te disse isso? Pensei que podia confiar em você.

– Mas você *pode*.

– Posso mesmo? Não foi o que você me mostrou hoje. E se eu não tivesse te encontrado? E se outra pessoa te encontrasse? E se você se machucasse ou morresse? Chegou a pensar nisso?

– Na verdade, não – ela disse.

– Viu, esse é o problema. Você não pode viver desse jeito! Não pode correr riscos. Quem corre riscos acaba morto.

Scott sabia que estava sendo hipócrita, claro. Durante boa parte de sua vida ele correra muitos riscos, viciado em adrenalina.

Mas com ele era uma coisa. Com a filha, a história era outra.

– Eu só queria pregar uma peça numa pessoa – disse Cassie.

– Uma peça? Que tipo de peça?

– Eu sei que vai parecer muito idiota, mas eu tava com raiva e... bom, nem pensei que fosse funcionar.

– Então a peça era pra mim?

– Não, pra uma menina da escola.

Scott lembrou de ter visto formigas na escola e a menina com o nariz quebrado entrando na enfermaria.

– Peraí – disse –, você machucou alguém?

– Foi sem querer. Eu só quis jogar uma bola de basquete na Nikki e...

– E se alguém tivesse te visto? Você estava pequena, mas não invisível.

– Ninguém me viu.

– Acredite em mim, sempre tem alguém que vê as coisas. Principalmente hoje em dia. Então agora todo mundo acha que uma bola de basquete, por conta própria, acertou a Nikki no nariz? E se alguém tiver filmado com o celular? O vídeo pode estar no Instagram ou no YouTube agora, viralizando.

– Ninguém filmou. Acham que foi uma menina que fez isso, a Keely.

– E o que vai acontecer quando a Keely negar? Isso aqui não é brincadeira. Tem sérias consequências, principalmente agora que estamos sob ordem de proteção.

– Não foi só culpa minha – disse Cassie.

– Como assim? Como você...

– Se não fosse você, nada disso estaria acontecendo. É você que tem esse maldito traje de Homem-Formiga, é você que tá sob ordem de proteção. Você, com todos os seus segredos... que eu tenho que ficar guardando pra você.

Cassie estava chorando. Scott odiava vê-la assim tão chateada. Além disso, a menina tinha um pouco de razão.

– Tá, você tá certa – disse ele. – Eu fiquei com medo, só isso. Você é tudo pra mim. Não sei o que faria sem você.

– Eu... eu nunca mais vou fazer isso. – agora ela soluçava. – Eu juro. Eu juro.

Scott a abraçou, prometendo que tudo ficaria bem, e que deixariam esse incidente para trás.

Então, quando ela já estava se acalmando, ele disse:

– E aí... como se sentiu sendo o Homem-Formiga?

– É incrível – ela disse.

– Não é? – disse Scott.

– Quer dizer, você me contava sobre como as coisas ficavam legais, assim, por essa perspectiva, mas até eu ver com meus próprios olhos não dava pra ter ideia. E a força...

– É, fòi assim também quando me tornei Homem-Formiga pela primeira vez – disse Scott, lembrando-se do dia em que Hank Pym o mostrara como usar o uniforme. – Ainda estou impressionado com o jeito como você aprendeu a se mover, andar por aí. Levei uma semana pra me acostumar.

– Sei lá, acho que pra mim foi muito natural – disse Cassie. – Hã, aliás, é Menina-Formiga, não Homem-Formiga.

Scott sorriu. Cassie continuou descrevendo como aprendera a correr e a pular, subir e descer escadas, e a experiência de ter observado o comportamento das formigas. Scott fazia algumas piadas, sobre como aprendera a falar usando o som normal da voz, mesmo encolhido, e como aprendera, com o tempo, a se comunicar com as formigas. Mesmo chateado com a filha por ela ter roubado o traje e se colocado em perigo, ele tinha de admitir que foi revigorante conversar sobre as experiências. Além de Hank Pym, Scott nunca conversara com ninguém que tivesse vivenciado aquilo, e o fato de poder falar disso com a própria filha era ainda mais empolgante. Ele sempre se sentia mais próximo dela quando mexiam com tecnologia juntos, construindo ou desmontando algo – mas recentemente, depois que ela entrou na adolescência, os dois não passavam mais muito tempo juntos. Foi bom ter mais uma coisa que os ligasse.

– Posso usar de novo algum dia, pai? – ela pediu.

– Talvez, quando tiver 21. E vai ter que pensar em algum jeito de se desculpar com essa Nikki.

– Como? – Cassie perguntou. – Não posso falar a verdade.

– Não, mas pode compensá-la karmicamente – disse Scott. – Pode mandar um cartão desejando melhoras, ajudá-la com a matéria, fazer algo de bom pra ela.

– Mas pai, ela andou sendo tão má comigo ultimamente. Foi por isso que eu quis me vingar.

– Bom, você vai ter que achar outro jeito de resolver essas divergências – disse Scott. – Ah, e você está de castigo. Não vai sair com nenhuma amiga. Só pode sair do apartamento pra ir à escola, e depois vai voltar direto pra casa.

– Isso não é justo.

– Depois do que fez hoje, tô pegando leve até demais. E pode levar o celular para a escola, por segurança, mas nada de celular em casa por uma semana.

– Sem celular? – Cassie estava chocada. – Que maluquice! Não posso viver sem meu celular.

– Por milhares de anos os humanos conseguiram sobreviver sem iPhones, acho que você também vai conseguir.

Enquanto ajudava a filha a tirar o resto do traje, Scott reparou que ela estava chateada. O que significava que ele a havia tocado. Estava pegando a manha dessa história de ser pai solteiro; talvez aqueles livros de autoajuda estivessem começando a dar resultado. Cassie precisava ser amada, mas com disciplina, e Scott estava conseguindo oferecer ambos.

Ele guardou o traje no cofre e dirigiu-se a Cassie:

– Vou mudar a combinação, então nem pense em tentar abrir de novo.

– Não se preocupe, não vou.

– Acredito em você – disse Scott. – Agora temos que dar a Roger e a todos que estão te procurando uma explicação para o que aconteceu hoje de manhã. A polícia toda está atrás de você.

– Ai meu Deus – disse Cassie.

– Tenho uma ideia. Vem cá.

Scott e Cassie saíram, foram até a entrada do prédio, onde estavam Roger, Carlos e George, conversando. Roger e Carlos ficaram claramente aliviados ao vê-la.

– Onde ela estava? – perguntou Roger.

– No telhado – disse Scott.

– Mas eu chequei o telhado – disse George. – Não havia ninguém lá.

– Ela tava escondida – Scott disse.

– Não é possível que ela estivesse no telhado – George insistiu. – A porta é trancada, por dentro.

– Você deve ter se enganado, porque foi lá que eu acabei de encontrá-la – disse Scott.

– Eu não me enga... – começou George.

– Agora não importa – interrompeu-o Roger. – Ela está em segurança, é isso o que importa – ele disse para Carlos. – Mande cancelarem as buscas.

Carlos foi fazer a ligação.

Roger se virou para Cassie:

– Por que fez isso, Cassie? Queria deixar todo mundo preocupado?

Antes que ela pudesse responder, Scott interveio:

– Ela ficou chateada com esse negócio de proteção.

– Eu entendo – disse Roger –, mas a gente está aqui para ajudar vocês dois. Vocês vão colocar todos nós em perigo se não nos deixarem fazer nosso trabalho. Queremos que vocês tenham privacidade, mas se tivermos que ficar dentro do apartamento, vamos ficar.

– Isso não será necessário – disse Scott. – Cassie e eu tivemos uma longa conversa sobre o que aconteceu, e ela me garantiu que não vai acontecer de novo. Não é mesmo, Cassie?

– Sim, tá certo – disse a menina. – Eu prometo.

Roger olhou fixamente para Scott, depois para Cassie, por um bom tempo. E então disse:

– Então tá. Bom, acho que é melhor irmos pra escola, não? Antes tarde do que nunca.

– Vou pegar a mochila – disse Cassie, e correu para dentro do prédio.

Carlos retornou e disse para Roger:

– Resolvido. – Em seguida perguntou para Scott: – E aí, quer voltar pro escritório?

– Vamos lá – disse Scott.

Estava ansioso para retomar a rotina e se esquecer daquela manhã louca e frenética. Ele reparou que as formigas que vira antes tinham sumido. Obviamente deviam ter ficado intrigadas com a presença de uma pessoa nova, uma garota, usando o traje do Homem-Formiga. Mas agora que a confusão havia terminado, elas também poderiam retornar à suas rotinas atarefadas.

Carlos tinha estacionado do outro lado da rua. Quando foi entrar no carro, Scott viu uma mulher muito atraente, com traços do

Mediterrâneo – cabelos escuros compridos, de tailleur justo –, caminhando pela calçada em sua direção. Os dois se notaram ao mesmo tempo e sorriram. Atração mútua? Bom, pelo menos Scott achou que sim. Pena que ele tinha um acompanhante do FBI, senão teria dito oi, tentado puxar papo.

Quando saíram, o celular de Carlos tocou; ele atendeu pelo Bluetooth, dizendo:

– Alô?

Scott percebeu, pela expressão muito séria do agente, que ele estava recebendo algum tipo de informação importante.

Scott olhou para trás, procurando a mulher, desejou ter dito algo para ela.

Carlos dizia à pessoa com quem conversava no celular:

– Sim... ok... tudo bem... certo, obrigado.

E então ele desligou o celular e disse:

– Era sobre o Willie Dugan.

– Pegaram ele? – Scott perguntou.

– Melhor que isso. – Carlos disse. – Ele está morto.

9

CARLOS EXPLICOU QUE O CORPO de Willie Dugan tinha sido encontrado num armazém abandonado em Breaux Bridge, Louisiana.

– Boa notícia para você – disse. – Pelo visto a sua vida vai voltar ao normal, amigo.

– Louisiana? – Scott ficou surpreso. – O que Dugan tinha ido fazer lá?

– Quem sabe, e quem liga? Só fico feliz por ele estar fora de circulação, você não está?

– Como ele morreu?

– Não recebi os detalhes ainda. A notícia deve ter chegado há uns dez minutos, mas com certeza logo vamos ouvir mais. Com alguma sorte, já no fim do dia a ordem de proteção vai ser cancelada e você e sua família poderão seguir normalmente com suas vidas.

O fim da ordem de proteção era, sem dúvida, uma ótima notícia, mas alguma coisa nela fez com que Scott se sentisse inquieto. No celular, ele pesquisou informações sobre Dugan. Não havia nada na internet sobre a morte dele, o que fazia sentido, já que tudo havia acabado de acontecer. Logo a história estaria no noticiário. Scott mal podia esperar para saber mais detalhes.

– Que foi? – perguntou Carlos. – Pensei que fosse ficar animado.

– Mecanismo de defesa – disse Scott. – Não gosto de ficar muito empolgado ou triste a respeito de nada até saber todos os fatos. Me poupa de ficar chateado quando as coisas não saem do jeito que eu gostaria.

– Ah, entendi. Mas às vezes você precisa se soltar, ser otimista. O Dugan morreu, amigo. Aleluia.

Carlos levou Scott diretamente ao posto de trabalho na avenida Park South. Uma startup de tecnologia de São Francisco estava abrindo escritórios em Nova York, e Scott e sua equipe da NetWorld estavam instalando toda a rede e os cabos para o escritório de um andar inteiro. Era um trabalho tão complicado, coordenar a instalação de uma rede para 150 usuários, que ele praticamente se esquecia do oficial que o seguia. Assim como, bem, uma formiguinha, Scott foi absorvido pelo trabalho e pela rotina diária.

No fim do expediente, Carlos aproximou-se dele e disse:

– Pronto para ir?

– E quanto ao Dugan? – Scott perguntou.

– Houve um problema – disse Carlos. – Bom, uma mancadinha, por assim dizer. O corpo de Dugan ainda não foi identificado. Mas fica tranquilo, é ele sim.

Os dois atravessavam o escritório, seguindo por um corredor entre os cubículos vazios.

– Não entendo – Scott disse. – Como isso é possível?

Havia alguns funcionários por perto. Scott reparou que Carlos não queria conversar sobre aquele assunto ali.

Mas quando estavam no carro, a caminho da Upper East Side, Carlos disse:

– Algumas coisas ainda não vieram a público, então isso deve ficar entre nós, certo?

– Claro – disse Scott. – O que tá acontecendo?

– Com certeza foi assassinato – Carlos disse. – Talvez tenha sido alguém do próprio grupo do Dugan que o pegou, mas ele fez algum inimigo por aí. O corpo dele foi encontrado dentro de um contêiner com uma espécie de ácido. É por isso que vai demorar um pouco pra identificar.

– E por que estão tão confiantes de que é ele mesmo? – Scott perguntou.

– Os policiais encontraram as roupas e os documentos dele no local – disse Carlos. – E também havia digitais dele em um carro roubado que encontraram lá perto.

– Mesmo assim, como sabem que é ele?

– Olha, não estou envolvido diretamente na investigação, então não tenho como responder tudo – Carlos disse. – Só sei o que me disseram: era Dugan que estava no contêiner.

Scott não se convenceu. Havia muitas pontas soltas.

– Estou vendo que você continua com esse seu mecanismo de defesa – disse Carlos. – Não se preocupe, logo tudo vai acabar. Vai ficar tudo bem, amigo.

Quando chegaram ao prédio de Scott, os agentes Warren e James estavam na entrada, conversando com Roger, o outro agente. Quando viram Scott e Carlos chegando, pararam de falar.

– O que estão fazendo aqui de novo? – perguntou Scott.

– Não é meu departamento – disse Carlos. – Minha função é te proteger. Eu não me preocuparia. Deve ser apenas um acompanhamento de rotina.

Scott abordou os homens com um sorriso forçado.

– Sejam bem-vindos, pessoal. Quanto tempo!

– Temos que conversar – disse Warren.

Ele soou muito sério, não como se tivesse vindo fazer um "acompanhamento de rotina".

No apartamento, Scott viu que a porta do quarto de Cassie estava fechada. Deu para ouvir uma batida suave de música vindo de dentro dele.

– Já ficou sabendo da novidade? – perguntou Warren.

– Alguma coisa, sim – disse Scott. – Você podia me aprofundar.

– O que já sabe?

Scott não queria mencionar nada do que Carlos lhe contara confidencialmente, então rebateu:

– Porque você não começa?

– Willie Dugan foi encontrado morto na Louisiana – disse o agente James.

– E vocês têm certeza de que é Dugan mesmo? – perguntou Scott.

– Que tal você nos dizer isso? – pediu James.

– Dizer o quê? – Scott disse. – Vocês que estão me atualizando.

James e Warren trocaram olhares.

E então Warren perguntou:

– Recentemente você andou tendo contato com Willie Dugan?

– É sério que você vai vir com essa para cima de mim, de novo? – Scott protestou.

As caras de pudim dos agentes indicavam que sim.

– Não – disse Scott. – Há anos não tenho contato nenhum com ele, já disse isso. Não faço ideia do que ele foi fazer na Louisiana, ou de quem o matou, se essa for a próxima pergunta.

– Quem disse que ele foi morto? – Warren perguntou. – Eu só disse que ele morreu.

– Seu colega me contou, tá? – disse Scott. – Ele não me deu mais nenhum detalhe, mas o caso já deve estar no noticiário, também. E não gosto nada de vocês aparecerem aqui me acusando quando, obviamente, eu não tenho absolutamente nada a ver com isso.

Imperturbável, Warren perguntou:

– Teve contato com algum dos associados de Dugan?

– Quê? – Scott perguntou.

– Teve? – Warren insistiu.

– Claro que não – Scott respondeu.

– Espero que esteja falando a verdade – disse Warren. – Lembre-se de que você tem uma filha que depende de você.

Scott entendeu a insinuação, mas perguntou:

– O que isso quer dizer?

– Que seria uma pena você ter que voltar para a prisão por mais um longo tempo – Warren disse.

Scott, furioso por dentro, conseguiu manter-se calmo por fora.

– Pra que eu iria querer entrar em contato com alguém? – perguntou.

– Parece óbvio para mim – disse Warren. – Dugan tem um ressentimento contra você, você acha que ele vai vir atrás de você, então você resolve surpreendê-lo. Você já foi criminoso, tem uma ficha longa, deve ter contatos. Pode ter contratado alguém pra rastreá-lo e dar um jeito nele. Do jeito que aconteceu, com certeza foi assassinato por vingança.

– Quero um advogado – disse Scott.

– Só gente culpada precisa de advogado – disse Warren.

– Não, gente inocente que está sendo assediada também precisa – Scott disse.

Warren abriu um sorriso falso, depois acenou para James. Os dois seguiram até a porta. No entanto, quando se aproximou de Scott, ele parou. Olhando bem nos olhos de Scott, ele disse:

– Eu sei quando alguém está escondendo alguma coisa, quando alguém tem um segredo... e você é alguém que tem. Não sei o que é, mas, pode acreditar, eu vou descobrir. – Após uma pausa, ele acrescentou: – Nos falamos depois – e saiu do apartamento.

Ansioso por mais novidades, Scott ligou a TV no noticiário. Como esperado, a descoberta do corpo na Louisiana já era manchete principal na CNN, mas não houvera maiores desenvolvimentos, pelo que Scott viu. A polícia acreditava que Willie Dugan tinha sido assassinado, talvez por um membro da própria equipe. O detetive principal do caso concedeu uma breve entrevista coletiva, na qual afirmou que a investigação estava em "andamento", mas não deu novas informações.

Scott estava preocupado; não ficava nada feliz quando tinha mais perguntas do que respostas. Se Dugan tivesse sido morto por um membro da equipe, por que o cara teria tanto trabalho para se desfazer do corpo – tornando difícil ou até impossível fazer a identificação –, para depois deixar roupas e um carro cheio de digitais? Se o objetivo era acobertar o assassinato, por que não se livrou de tudo?

Era possível que a pessoa que cometera o crime não fosse lá muito brilhante. Afinal, a maioria dos criminosos que Scott encontrara na vida não era dos mais espertos mesmo, motivo pelo qual acabavam todos indo parar na cadeia. Scott torceu para que fosse esse o caso dessa vez, e que Dugan estivesse mesmo morto, mas preferia não apostar muito nisso ainda.

Cassie saiu do quarto e perguntou:

– O que tá acontecendo? O que você estava falando com aqueles caras do FBI?

Scott desligou a TV. Torceu para que ela não tivesse ouvido a conversa, principalmente a parte em que o agente Warren o ameaçou de ser mandado de volta à prisão. Não queria ver a filha triste ou preocupada.

– Ah, na verdade, são boas notícias – disse Scott. – Acham que a ordem de proteção vai ser anulada logo.

– Uau, jura? – disse Cassie. – Que maravilha! Era só disso que vocês estavam falando?

Cassie provavelmente não escutara nada da conversa, mas era uma menina esperta, com boa intuição.

– Só – Scott disse.

Scott era um mentiroso terrível. Teve a sensação de que Cassie soube que ele estava escondendo alguma coisa.

Se sabia, ela preferiu não pressionar.

– Que coisa boa – disse. – Aquele Roger não era má pessoa, mas vai ser um alívio poder ficar sozinha de novo.

Scott conseguiu esquecer-se de Dugan por um tempinho e aproveitou uma noite relaxante em casa com a filha. Estava pra lá de empolgado por ela não demonstrar nenhum efeito adverso resultante de sua experiência dentro do traje do Homem-Formiga. Parecia completamente normal: saudável, contente e cheia de energia.

Ao longo do dia, Scott recebera algumas mensagens da ex, Peggy. Ela continuava, compreensivelmente, incomodada com toda a questão da ordem de proteção. Ele escrevera para ela dizendo que acreditava que a ordem seria em breve anulada, mas não dera maiores detalhes.

Por volta da meia-noite, ela ligou.

– *Por que o policial continua em frente à minha casa?* – perguntou.

Preparando-se psicologicamente, Scott respondeu:

– Desculpe, pensei que a uma hora dessas já estaria tudo acabado.

– *Não aguento mais. Eles me seguem pra todo lugar!*

– Eu sei – disse Scott. – Mas não vai durar muito tempo.

– *Por que isso continua? Eu vi no noticiário... Dugan morreu, né?*

– Presumem que sim – Scott disse. – Mas o FBI parece ter certeza de que é ele mesmo.

– *E se não for? Isso vai durar pra sempre?*

– Não – Scott disse.

Peggy respirou fundo.

– *Posso falar com a Cassie, por favor?* – pediu. – *Eu liguei para ela, mas o celular está desligado.*

– Ela foi dormir mais cedo hoje – disse Scott.

– *Sinto tanta falta dela* – Peggy disse. – *Como ela está?*

De jeito nenhum Scott podia contar que Cassie vestira o traje do Homem-Formiga e se encolhera. Era certo que Peggy usaria isso como prova de que ele não estava fazendo um bom trabalho como pai.

– Tivemos um probleminha aqui, uma questão de indisciplina, mas já passou.

– *Ela está bem?* – Peggy pareceu entrar em pânico.

– Sim – Scott disse. – Melhor do que nunca. Acho que tem um namoradinho.

– *Tucker McKenzie* – Peggy disse, sem hesitação.

– Tá sabendo dele? – Scott perguntou.

– *Claro que tô sabendo dele. Tem coisas que uma garota conta pra mãe e não conta pro pai, sabia?*

Scott não gostou nada disso.

– De que coisas exatamente você tá falando? – perguntou.

– *Eles ainda nem se beijaram, se é isso que você tá pensando. Mas sua filha está crescendo, Scott. Você vai ter que aceitar isso.*

– Quem, minha filha, a Rapunzel? – Scott brincou.

Peggy não riu. Fazia muito tempo que não ria de suas piadas.

– *Sinto que estou perdendo todos esses momentos* – disse Peggy. – *Digo, por não estar por perto.*

– Você vai ver a Cassie nas próximas férias. Só faltam alguns meses. E outra, você está onde devia estar, com a sua mãe. Por falar nisso, como ela está?

– *Não muito bem, eu acho. Tem dias que ela não me reconhece. Bom, quase todos.*

– Que pena ouvir isso – Scott disse. – Se tiver algo que eu possa fazer, me avise.

– *Obrigado, fico muito agradecida* – Peggy disse. – *E me perdoe por ter ficado tão brava. Tive um dia difícil aqui com a minha mãe e tudo mais, e foi errado descontar em você. Queria te agradecer... por cuidar tão bem da Cassie enquanto não estou aí. Sei que você quer o melhor pra ela. Nós duas temos sorte de ter você nas nossas vidas. Não sei o que faríamos sem você.*

Scott não entendeu de onde viera essa ternura repentina, mas ficou contente por ela ter parado de atacá-lo por causa da ordem de proteção.

– Legal você dizer isso – ele comentou.

– *É a verdade* – disse Peggy. – *Sei que não tenho dado muito apoio a ela ultimamente, mas ela tem sorte de ter um pai como você. Você se saiu bem melhor que o combinado, Scott, e não tem com que se preocupar. Nunca vou contar a ninguém sobre você-sabe-o-quê. Vai ser sempre um segredo.*

Scott sabia que "você-sabe-o-que" referia-se à sua identidade como o Homem-Formiga.

– Obrigado – disse ele. – Isso é muito importante pra mim.

Foi revigorante – ter uma conversa normal e amigável com a ex-mulher. Não seria ótimo se fosse sempre assim? Se não houvesse amargura, intenções escondidas e agressividade subjacente acoplados em toda interação? Quem sabe ainda não estariam casados.

– *Você é um bom homem* – disse ela. – Isso é uma coisa da qual nunca duvidei.

Na manhã seguinte, Scott preparou o café da manhã favorito de Cassie: rabanada. Mais tarde, após se assegurar que Roger sabia que Cassie estava mesmo no apartamento, Scott e Carlos saíram para mais um dia de trabalho.

Scott estava se acostumando a ter Carlos por perto. Por anos, sua vida girara em torno de Cassie e do trabalho – como Homem-Formiga e no das nove às cinco –, por isso ele nunca teve muito tempo para fazer novas amizades. Carlos era um cara legal do Bronx, e trabalhava no FBI fazia vinte anos. Muito bem casado, pai de dois filhos – um menino que acabara de se formar em Fordham e uma menina um pouco mais velha que Cassie.

No carro, falavam casualmente sobre as mudanças ocorridas em Manhattan ao longo das últimas duas décadas. Carlos contou que a efervescência de Nova York havia quase desaparecido, e agora parecia haver apenas as mesmas drogarias e bancos em cada esquina.

– Como você veio parar em Nova York? – perguntou o policial.

Passavam pela 2ª avenida, num tráfego lento que chegava perto da ponte Ed Koch.

– Gosto de cidade grande – disse Scott. – E sempre quis morar em Manhattan.

Em parte, isso era verdade. Gostava mesmo de cidades grandes, mas provavelmente teria optado por viver em São Francisco, ou pelo menos no norte da metrópole. Viera para Nova York porque Tony lhe oferecera trabalho. E outra, fazia muito mais sentido para o Homem-Formiga estar em Manhattan, o centro de tudo.

– Mas por que o Upper East Side, amigo? – perguntou Carlos. – Você não é nenhum almofadinha engravatado. Vejo você morando bem mais longe. Brooklyn, quem sabe Washington Heights. Mas o Upper East Side?

– Eu morava no centro, Lower East Side, rua Ludlow, mas a Cassie entrou no colégio aqui perto, e eu quis facilitar a vida dela. Ela teve uma vida difícil. Você sabe do meu passado, e depois teve um monte de mudanças, com o divórcio. Só quero dar um pouco de estabilidade pra ela, finalmente. Acho isso importante.

– Legal, amigo. Você ama muito a sua filha, isso eu respeito. Comigo é a mesma coisa. Pode fazer o que quiser comigo, mas se mexer com a minha filha, vai enfrentar um demônio. Essa coisa da proteção tem sido uma chatice pra vocês, mas eu ouvi por aí que os caras do laboratório têm uma amostra de DNA e devem fazer um anúncio oficial sobre a morte de Dugan ainda hoje.

– Puxa, que notícia boa – disse Scott.

Cruzaram a ponte, e o tráfego começou a fluir melhor. Scott logo chegaria ao escritório, o que era ótimo porque ele queria que Jeff visse que a ordem de proteção não estava afetando seu trabalho – ou pelo menos seu horário de chegada.

– Ei, tive uma ideia – disse Carlos. – Quando tudo isso aqui acabar, a gente devia sair qualquer dia, tomar umas cervejas, ver um jogo. Ou eu te convido para ir ao Bronx, te levar a uns lugares no meu bairro. Pra você ver como vive um verdadeiro nova-iorquino.

Dez anos antes, Scott era um criminoso, trabalhava ao lado de Willie Dugan, e agora estava planejando cair na farra com um agente federal? Sem contar que, claro, ele era o Homem-Formiga. Como as coisas mudaram.

– É, seria uma boa – ele disse.

Após mais um longo e cansativo dia de trabalho, Carlos levou Scott para casa. Enquanto saíam do carro, ele avistou a morena que vira no dia anterior. Ela vinha em sua direção, e sorriu quando percebeu que ele a notara.

Sem querer perder outra chance de falar com ela, Scott disse a Carlos:

– Ei, posso ter um pouco de privacidade aqui?

– Claro que sim – respondeu Carlos. – *Buena suerte*, irmão. – E atravessou a rua.

– Ei, com licença – Scott disse à mulher.

Ela parou perto dele, ainda mais bonita de perto. Usava calça jeans casual e uma jaqueta de couro preto fino, e usava o cabelo preso em rabo de cavalo naquele dia.

– Acho que vi você esses dias – disse Scott.

– Não se preocupe, não foi sua imaginação – ela disse.

– Uau, você se lembra? – ele perguntou.

– Foi ontem. Se eu já tivesse esquecido, acho que estaria com algum problema de memória, não é?

– Nunca se sabe – disse ele. – Às vezes você vê uma pessoa e depois vê de novo e não faz a conexão. Você vê alguém no trabalho e, dez minutos depois, vê de novo na rua e pensa "quem é esse cara? Não te conheço?". Acontece comigo o tempo todo.

– Mas não aconteceu dessa vez, certo? – ela perguntou.

Ela era engraçada. Scott soube naquele mesmo instante que gostaria dela.

– Não, dessa vez, não – ele disse. – Meu nome é Scott.

– Jennifer.

– Jennifer – Scott repetiu – sempre gostei muito desse nome.

– Ah é?

– Não – Scott disse. – Estou mentindo totalmente.

A moça riu. Depois do encontro infernal com Anne, era bom conhecer uma mulher com quem ele parecia realmente conectar-se logo de cara.

– Mas é um nome bonito – ele elogiou.

– Obrigada – ela disse. – Já Scott, acho horrível.

Ela ficou tanto tempo de cara fechada que Scott chegou a pensar que ela tinha falado sério.

E então ela riu, e disse:

– Te peguei!

– Eu admito, pegou mesmo – disse Scott, rindo. – E aí, você mora aqui por perto?

– Moro, sim. Acabei de me mudar de Hoboken. E você?

– Eu morava no centro, mudei pra cá há alguns meses. Moro logo ali. – Ele apontou para o prédio. Carlos estava na entrada, lendo alguma coisa no celular.

– Legal – disse ela. – E, hã, quem é esse seu amigo?

– Quem? – Scott ficou genuinamente perdido por alguns segundos. – Ah, ele. É meu, hã, meu motorista.

– Motorista? – ela repetiu.

Scott, com sua roupa de trabalho – jeans e boné – não parecia exatamente o tipo de pessoa que tem um motorista.

– É – disse ele –, não tenho muita grana, mas sempre quis ter motorista, então contratei o Carlos. Alguns sonhos a gente tem que realizar, certo?

Scott acenou para Carlos, que acenou de volta. Jennifer acenou para ele também.

– Então – disse Scott –, quer tomar um café?

– Agora?

– É – Scott disse. Se você não tiver outra coisa pra fazer, a gente podia ir jantar ali na esquina.

– Hã, bom... – Ela hesitou, olhando para o celular.

– Ou pode ser outro dia – disse Scott. – A gente podia trocar telefones. Ou se você achar que não tem nada a ver, a gente só segue cada um com a sua vida.

Jennifer sorriu, depois disse:

– Na verdade, acho que tenho tempo pra tomar um café agora.

– Legal! – disse Scott. – Vamos lá.

Eles foram até o Cozinha Verde, restaurante numa esquina da 1ª avenida, e sentaram-se numa das cabines ao fundo. Scott, de frente para a rua, viu Carlos zanzando em frente à entrada do lugar. Essa coisa de ser protegido estava realmente atrapalhando a vida de solteiro de Scott, mas ele se orgulhou de ter improvisado a história do motorista. Deu até uma impressionada.

Eles pediram cafés e conversaram sobre trabalho. Ela era fotógrafa freelancer e também designer gráfica. Scott contou que trabalhava com rede de computadores.

– Como foi parar nessa área? – ela perguntou.

– Sempre gostei de construir coisas – disse ele. – Comecei com o normal: modelos de avião e carro, quando era criança. E quando enjoava, adorava desmontar computadores e montar de novo.

– Que barato! – Ela parecia genuinamente impressionada.

– É uma coisa que posso fazer com a minha filha. Ela tem catorze anos, acabou de se mudar para aquele colégio no outro quarteirão.

– Você tem uma filha adolescente?

– Por acaso você vai elogiar minha aparência jovem e bonita? – brincou Scott, piscando.

Ela riu e disse:

– Eu também tenho uma filha, na verdade. Também tem catorze e mora metade do tempo com o pai. E estuda naquela mesma escola.

– El-Ro?

– Como?

– Eleanor Roosevelt? É o nome da escola.

– Ah, sim, certo. É, essa mesma.

– Uau, isso é muito legal! – disse Scott. – Digo, que legal que temos filhas da mesma idade. Me pergunto se elas se conhecem. Minha filha se chama Cassie. Qual é o nome da sua? Vou perguntar se ela a conhece.

– Ah, a minha filha ainda não começou lá – disse Jennifer. – Ainda estuda em Hoboken, mas vai começar aqui na semana que vem. O nome dela é Rebecca.

– Uau, legal – disse Scott. – Vou pedir a Cassie que a procure.

Além de descobrir que ambos tinham filhas da mesma idade, Scott ficou muito empolgado ao ouvir que Jennifer tinha um ex-marido – que bom que se encontravam em situações similares. Se dessem certo, seria perfeito. Moravam no mesmo bairro, poderiam encontrar-se o tempo todo. Ela parecia ser muito divertida e interessante; se as filhas se dessem bem e ficassem amigas, seria melhor ainda.

Foi quando Scott viu uma formiga andando em cima do guardanapo da moça. Mas será que a vida dele seria sempre assim? Justo quando as coisas começavam a ir bem, quando havia potencial para que uma coisa boa e estável acontecesse para ele, surgia alguma coisa que atrapalhava tudo. Geralmente, essa coisa era uma formiga.

– Então, quando você resolveu que seria fotógrafa? – Scott perguntou, tentando distrair Jennifer, para que ela não notasse a formiga. Peraí, formiga, não; *formigas*. Sim, agora havia duas delas. A outra zanzava perto da colher de Jennifer.

Enquanto a moça falava, contando de uma aula de fotografia que assistira na faculdade, Scott tentou enviar às formigas uma mensagem para que fossem embora e lhe dessem um pouco de espaço. Isso nunca funcionara sem ele estar usando o traje do Homem-Formiga, e não funcionou dessa vez também. Pior ainda, uma terceira formiga apareceu na mesa. Era apenas questão de tempo até que toda formiga que morava em cada canto e rachadura do restaurante passasse ali para dar um oi. Em geral, Scott adorava isso, mas não quando estava tentando dar em cima de uma mulher.

– Adoro fotografar – Jennifer dizia. – Acho que sempre tive essa coisa pelo visual. – Então ela viu as formigas na mesa e soltou um: – Ah, meu Deus!

Lá vamos nós de novo, pensou Scott. Se ela quisesse matar as formigas, ele teria que defender suas amiguinhas – e então ela ficaria fula da vida, acharia que ele era louco e sairia pisando duro do restaurante, e assim terminaria mais um grande encontro.

Mas a moça não pirou. Na verdade, seu rosto iluminou-se, e ela disse:

– Olha, que legal!

Surpreso pela reação dela, Scott perguntou:

– Não tá com nojo?– Não, acho as formigas um barato. Você não?

– Acho, acho sim. Mas conheço um monte de gente que não acha.

– Eu sei, que loucura – ela disse. – Não entendo. Por que as pessoas são tão contra-formigas? Não faz o menor sentido. Sempre amei formigas. Quando era criança, ficava observando umas colônias que havia no jardim por horas. O comportamento delas, como são organizadas, é incrível. E elas não fazem ideia de que nós existimos. Faz a gente pensar se não tem algo maior lá fora, olhando pra cá. Como se nós fôssemos formigas para civilizações de outros níveis, ou vidas, como quiser, que são mais complexas que as nossas, só que a gente não faz ideia. Acho que as formigas podem ensinar muito sobre fé. Puxa, tô tagarelando aqui, né? Desculpa. Mas você entende o que eu tô dizendo? Você deve tá pensando "nossa, que mulher louca! Por que eu fui convidá-la pra tomar café? Como é que eu saio daqui sem ofendê-la?".

– Então ver formigas num restaurante não te incomoda nem um pouco? – Scott perguntou. – Digo, você não acha que elas são sinal de falta de limpeza?

– Quê? Não – ela disse, como se a sugestão fosse um disparate. – Estamos em Nova York. As formigas são mais limpas do que muita gente que anda de metrô.

– Aposto que isso é verdade – disse Scott. E sorriu. Gostava dos olhos de Jennifer. Eram azuis-acinzentados. Quis dizer algo sobre eles, mas tinha acabado de conhecê-la, e temia soar meio cafona. O que poderia dizer? *Seus olhos, eles são tão lindos*? Não queria bancar *esse tipo* de cara.

– Seus olhos, eles são tão lindos – disse.

No mesmo instante, Scott se arrependeu de ter dito.

– Obrigada. Eu estava pensando a mesma coisa.

– Jura? Tá dizendo isso só pra me agradar.

– Não, é verdade.

– O que gosta neles?

– A cor. Acho que nunca vi esse tom de azul... são muito intrigantes. E adoro a profundidade. Tem gente com um olhar que parece unidimensional. Você olha pra pessoa e não precisa de mais informação. Mas os seus têm camadas, contam uma história. Quando te olho nos olhos, vejo um garotinho com um grande segredo.

Ficaram se olhando mais um pouco.

E então ela disse:

– Interessante isso, não é?

– Que nós dois gostamos dos olhos um do outro?

– Não, que as formigas parecem estar zanzando só pela nossa mesa. Olha, ali tem outra. – Ela apontou para a parede perto de Scott, onde passava uma das grandes. – E outra ali. – Havia uma menorzinha numa tigela atrás da caneca de café.

Receando que o garçom, ou alguém mais no restaurante, visse as formigas e resolvesse matá-las, Scott sacou seu guardanapo. Ainda que ele não pudesse comunicar-se com elas sem o traje, as formigas eram capazes de perceber perigo sozinhas. Sabiam também que Scott era um amigo, então todas as formigas da mesa e arredores subiram sábia e obedientemente no guardanapo dele.

– Uau, parece que elas gostam de você – disse a moça. – Acho que nunca vi nada igual.

– Ah, não é nada de mais.

Scott liberou as formiguinhas a salvo no chão, onde com sorte elas evitariam quaisquer armadilhas ou rastro de inseticida e voltariam seguras para seus ninhos.

– Ah, saco. – Jennifer olhou para seu iPhone. – Era pra eu ter ido encontrar minha filha na casa de uma amiga no centro; ela tá esperando por mim. Tenho que pegar um táxi.

Scott imaginou se isso seria apenas desculpa para fugir do encontro. Ele mesmo usara diversas encarnações da história do "familiar com problema urgente" quando as coisas não pareciam ir a lugar algum num encontro. Talvez ele a tivesse lido demais durante o comentário dela sobre o olhar. Talvez a conversa sobre as formigas a tivesse espantado, no fim das contas.

– Estava me divertindo muito; queria não ter que ir – disse ela. – Mas não quero deixar minha filha esperando.

– Entendo totalmente. Sei como são as adolescentes.

Ela abriu a bolsa e disse:

– Preciso deixar um dinheirinho...

– Nada disso. Essa é por minha conta – Scott disse.

Jennifer agradeceu. Quando saíram, Scott reparou em Carlos, do outro lado da rua, mas a moça pareceu não reparar nele.

– Obrigada de novo – disse ela.

– Eu que agradeço – disse Scott, aproximando-se para dar-lhe um beijinho no rosto.

Sentiu um frio na barriga; seu coração bateu mais forte. Scott tinha lutado junto dos maiores super-heróis do mundo, enfrentado os mais perigosos vilões, e – quando usava o traje do Homem-Formiga – era, relativamente, o mais forte de todos eles. Contudo, convidar uma mulher para sair ainda o deixava tremendo feito vara verde.

Juntando uma bela porção de coragem, ele disse:

– Então... a gente podia, hã, sair de novo qualquer dia... Sei lá, jantar fora ou ir ao cinema. Mas, claro, se você estiver a fim. Não precisa responder agora. Digo, tudo bem se você não...

– Não, eu adoraria – disse ela.

Uau, pensou ele.

– Legal, me dá seu telefone, então – disse.

Jennifer disse seu número, e Scott passou o dele.

– Ótimo, anotado – ele disse.

– A gente se vê – disse ela. – E mande um oi pro seu motorista.

Scott sorriu, vendo-a andar até o quarteirão seguinte. *Cara, que mulher.*

Então ele deu meia-volta e foi para casa, na direção oposta.

Carlos insistiu em acompanhar Scott até o apartamento para garantir que estava tudo tranquilo e seguro. Cassie estava no quarto, fazendo lição de casa, e nada parecia estar fora do lugar.

– Acho que dou conta de tudo daqui por diante – disse Scott.

– Legal – disse Carlos. – Já sabe como funciona. Se você ou Cassie tiverem que ir a algum lugar, mande mensagem pro Jimmy, o agente que vai passar a noite por aqui. Isso se a ordem de proteção não tiver sido anulada até lá.

Carlos e Scott se cumprimentaram.

– De verdade, fico muito agradecido por tudo o que fizeram por nós – disse Scott –, e obrigado por me dar um pouco de espaço agora há pouco.

– Ei, os caras tem que se ajudar, certo, *hombre*? Além disso, faz tempo que não sou mais solteiro. Estou revivendo aquela época através de você.

Depois de fazer o jantar – ok, ele só esquentou uma pizza congelada no micro-ondas junto com umas cenouras e ervilhas também congeladas, mas mesmo assim era uma refeição –, Scott mandou uma mensagem para Jennifer:

Me diverti muito, obrigado por ser tão espontânea!
Vamos sair nesse fim de semana, jantar ou pegar um cinema.
Mal posso esperar!

Nem se lembrava da última vez em que ficara tão empolgado com uma potencial namorada.

Enquanto limpava tudo e lavava a louça, viu as formigas de sempre zanzando ao redor da pia e da geladeira. De sempre, porque ele passara a reconhecer a maioria delas; como Homem-Formiga, havia se comunicado com as formigas que moravam no apartamento. Sabia que a maioria vivia numa colônia dentro da parede atrás da pia da cozinha dele, e que consideravam seu apartamento um porto seguro no edifício – o que, para as formigas, era todo um mundo –, cheio de venenos e inimigos. Entre esses inimigos estavam outros insetos da cidade – baratas, traças etc. –, mas muitos desses insetos eram sábios o bastante para evitar as formigas, sentindo o poder do coletivo dos insetinhos. Quando outros insetos apareciam ocasionalmente no apartamento, Scott era bonzinho com eles, capturava-os e os libertava lá fora, às vezes até os alimentava. Sim, ele sabia que dar de comer a baratas era algo que fazia a sociedade virar a cara. Contudo, desde que se tornara o Homem-Formiga, aprendera a admirar e respeitar todos os insetos.

Ele verificou o telefone; nada de resposta de Jennifer. Seria ótimo se eles saíssem de novo e se dessem bem, e isso evoluísse para um relacionamento de verdade. Scott ficava mais feliz quando tinha uma relação estável, o que não lhe acontecera desde os primeiros anos de casamento. A quem queria enganar? Desde os primeiros *meses* de casamento. E seria ótimo se Cassie tivesse um exemplo positivo de mulher na vida – mesmo sendo uma madrasta.

Mais tarde, na mesma noite, Scott estava sentado na beirada do sofá-cama, olhando para o telefone, quando escutou:

– Ei, não vou ter que ler essa mensagem em voz alta, né?

Cassie estava perto do quarto dela e tinha acabado de escovar os dentes.

Scott sorriu, percebendo que estava bancando o adolescente da casa.

– Haha, me pegou – ele disse. – Boa noite, lindinha.

– Boa noite, pai.

A menina lhe deu um beijo na bochecha e foi para o quarto.

Scott assistiu ao noticiário – nada sobre Willie Dugan, nem uma possível identificação oficial de seu corpo. O noticiário internacional informou que o Capitão e Natasha, a Viúva Negra, tinham acabado de desmantelar um esquema da Hidra na Tailândia. Sempre que Scott ouvia falar dos feitos de outros super-heróis, não deixava de sentir uma pontadinha de inveja, como um atleta assistindo a uma partida da qual não podia participar. Compreendia que tinha um lugar todo seu na ordem das coisas, mas às vezes odiava ter que ficar de canto. Queria participar da ação, das jogadas maiores.

Na TV, um repórter explicava, no local, como a cidade tinha sido liberada. Mostraram uma foto de Natasha, fonte extra de angústia para Scott. Os dois tiveram um discreto lance durante uma missão na França alguns anos antes. Natasha deixara bem claro logo de cara que não seria nada muito sério, e Scott achou que lidaria bem com isso. Mas vamos encarar, ela era muito para o caminhão dele – era muito para o caminhão de qualquer um. Porém, que o chamem de romântico inveterado, ele não conseguiu evitar de se apegar emocionalmente. Então, sim, ele ficou chateado quando ela foi embora uma bela amanhã sem deixar nem um bilhete. Mas Scott sabia que seria melhor assim. Nem sabia muito bem se estava mesmo a fim de Natasha ou da ideia de Natasha – uma mulher livre, sem filhos, sem raízes. Podia fazer as malas e ir aonde quisesse. Era parte do que fazia Scott se sentir diferente da maioria dos super-heróis. Era pai antes de ser herói, e embora invejasse caras como Tony ou o Capitão, sabia que esse estilo de vida não era para ele. O papel de pai era o seu principal, e ele não abriria mão disso por nada.

– Tchau-tchau, Natasha – disse, e desligou a TV.

É, ele não precisava de mais uma mulher complicada e fria na vida dele, mesmo uma tão gostosa como aquela.

Já Jennifer, a fotógrafa – Scott já estava quase adormecendo –, essa sim tinha tudo a ver com ele.

* * *

De manhã, Scott ainda não tinha recebido resposta de Jennifer. Achou que não era nada de mais; tem gente que não responde logo de cara. Porém quando chegou o meio-dia e ela ainda não tinha dito nada, ele começou a se perguntar se algum dia ela responderia.

E ela tinha parecido sincera quando disse que também queria vê-lo de novo, mas talvez a história de ter que buscar a filha fora mesmo só uma desculpa. Talvez Scott não tivesse entendido muito bem o interesse dela pelas formigas e a assustado. Ou quem sabe foi o fato de ter um motorista que causou estranhamento, principalmente com o Carlos zanzando, à espreita, na entrada do restaurante. Algumas mulheres ficam um pouco inseguras no fim de um encontro, e dizem que aceitam um novo encontro apenas por não acharem legal dizer que não.

No almoço, numa padaria perto do escritório, Carlos perguntou a Scott em que pé ele estava com a moça do dia anterior.

– Nada ainda – disse Scott, checando o celular. Não havia resposta alguma de Jennifer, mas uma mensagem de Peggy perguntando se havia alguma novidade com relação a Dugan.

– Fica frio, amigo – disse o agente. – Que bom que você mora em Nova York, e não no Kansas.

– Não entendi o que quis dizer.

– Só estou dizendo pra você ficar tranquilo. Tem mais um monte de moças por aí. Já, já você encontra outra pessoa.

– Mas tem um monte de mulher no Kansas também.

– Eu sei. Foi só uma piada – Carlos riu.

– Se era piada, tinha que ter dito Sibéria ou Antártica. Um lugar onde não tem mulher nenhuma mesmo. Não Kansas.

– Uau – Carlos disse. – Gostou mesmo dessa garota, hein?

– Quê? – disse Scott, depois se deu conta do que acabara de dizer. – Foi mal, velho. Não quis ser chato com você. É, acho que ela grudou um pouco na minha cabeça. Tinha alguma coisa nela, sabe? Mas, claro, você tem razão. Não estou no Kansas.

– Antártica, você quis dizer – retrucou o agente, sorrindo.

Scott foi absorvido pelo trabalho na maior parte do dia, tentando concluir as instalações finais do escritório e colocar o último grupo de usuários na internet. Nem estava mais pensando em Jennifer, mas mesmo assim, por impulso, mandou outra mensagem:

Espero que seu dia esteja ótimo!

Assim que clicou para enviar, se arrependeu. Se ela não estava a fim de sair com ele de novo, mandar outra mensagem não a faria mudar de ideia. E se ela quisesse mesmo sair com ele de novo e apenas não tivesse conseguido responder à mensagem, essa outra não acrescentaria nada.

– Deixa pra lá – Scott disse consigo mesmo. – Tá tudo bem.

Mas então veio uma resposta:

NÚMERO INVÁLIDO

Hmm – que esquisito. Scott não tinha recebido essa resposta quando mandou a primeira mensagem. Então, a não ser que houvesse um problema na rede de celulares – muito improvável, nesse caso –, Jennifer tinha cancelado seu serviço de celular.

Havia mais uma possibilidade: podia ter bloqueado o número dele. Só que ele não achava que dissera ou fizera algo que a ofendesse tanto a ponto de obrigá-la a bloqueá-lo. Ou será que havia? Juntar formigas num guardanapo e levá-las ao chão num restaurante era o tipo de comportamento que a maioria das pessoas consideraria anormal. Porém Scott julgara que Jennifer seria uma das exceções, que entenderia, mas pelo visto tinha julgado-a mal.

Enfim, não havia nada a fazer. Ele retomou o trabalho na instalação. Então Carlos entrou.

– Temos que ir – disse. Agarrou Scott como um agente do Serviço Secreto agarraria o presidente e tirou-o da rota do perigo.

Conforme Carlos arrastava Scott pelo escritório, os funcionários paravam para ver. Scott estava tão confuso quanto todos eles.

– Que foi? Que tá fazendo?

Carlos não respondeu. Parecia tenso, e não fazia contato visual de jeito algum.

– Para com isso, você tá me assustando – disse Scott. – Que foi? Pode me falar? Que aconteceu? É o Dugan?

Carlos esperou até que ficassem sozinhos no elevador que levava ao saguão de entrada. Então disse:

– É a Cassie.

– O que foi? – O coração de Scott começou a pular. – Ela não foi à aula de novo?

Estava pronto para ficar bravo com *ela*. Será que tinha conseguido abrir o cofre e vestido o traje do Homem-Formiga de novo? Ele trocara a combinação, então não imaginava como ela teria conseguido, mas era uma menina esperta – às vezes, esperta demais.

Carlos desviou o olhar, como se procurasse pelas palavras certas, depois mirou Scott bem nos olhos e disse:

– Ela foi raptada, Scott.

10

CASSIE AFINAL CONCLUIU que não gostava de Tucker McKenzie. Tá, ele era incrivelmente gato e interessante, mas tinha um monte de garotos incrivelmente gatos e interessantes, e não importava quão gato e interessante era um garoto se ele ia dar uma de completo idiota e ficar todo esquisito e convencido perto dos amigos só por causa de uma coisa que viu no Instagram.

Então no dia seguinte ao que acertou o nariz de Nikki com uma bola de basquete, Cassie resolveu ignorar Tucker. Às vezes, no corredor, após a aula de teatro, quando o via, ele dizia "oi" ou "e aí?", e ela respondia com um "oi" ou "e aí?" em resposta. Mas dessa vez, quando passou por ele e Tucker disse "oi" agindo como se toda aquela história do Instagram não tivesse acontecido, ela o ignorou, sequer fez contato visual e continuou andando.

Mas estranhamente, ignorá-lo parecia deixá-lo ainda mais interessado. No dia seguinte, Cassie estava saindo do Gotham Pizza, na York, com suas amigas, e Tucker estava lá com os dele. Ele nunca dissera nada a ela antes, nem mesmo reparava nela quando estava com os amigos. Dessa vez, contudo, ele a chamou:

– Oi, Cassie, ei, peraí.

As amigas de Cassie continuaram a caminho da escola, e os amigos de Tucker também se afastaram. Os dois ficaram sozinhos, frente a frente pela primeira vez.

– Você tá, tipo, brava comigo ou algo assim? – ele perguntou.

Fazendo-se de boba, Cassie disse:

– Do que você tá falando?

– Sei lá – disse Tucker. – Você anda, sei lá, fria comigo, só isso. Quero dizer, nos últimos dias.

Cassie tentava não pensar em quão incrivelmente gato Tucker era – com aquele sorriso e o cabelo castanho ondulado – e no quanto queria beijá-lo.

– Eu só queria dizer – disse ele –, sobre aquilo que você postou no Instagram...

– Eu não postei nada – Cassie disse. – Foi a Nikki, e foi errado da parte dela fazer aquilo, porque era só uma mensagem, que mandei pra ela, e sim, eu escrevi, mas não vou mais ficar com vergonha disso. Foi só uma mensagem boba, e daí? Eu tava sentindo uma coisa na época, uma coisa que me deu de repente, e eu fui contar pra uma amiga. Pelo menos eu achava que era amiga. E não ligo para o que você nem ninguém pensam. Ninguém tem o direito de rir de mim como se fosse piada. Já foi humilhante demais ver uma coisa que eu não queria que ninguém visse lá pra todo mundo ver.

– Uau, calma – disse Tucker. – Assim eu não te alcanço.

Cassie falou rápido demais *mesmo* – fazia muito isso quando ficava nervosa.

– Foi mal – disse –, mas enfim. Isso não importa mais.

– Só pro seu governo – disse Tucker –, eu nunca ri de você. Eu nem sabia dessa parada do Instagram; fui descobrir só hoje, e fiquei lisonjeado.

– *Ficou* mesmo? – disse Cassie. – Mas não entendi. Quando te vi no outro dia, você tava rolando de rir.

– Devia ser de outra coisa, uma coisa engraçada de verdade. Eu não acho que postar mensagens dos outros seja legal.

Será possível que Cassie tinha se enganado? Andara tão chateada, sentindo-se humilhada, que poderia ter se apressado em tirar conclusões a respeito de Tucker. Ótimo – já estava se sentindo péssima por ter vestido o traje do Homem-Formiga e acidentalmente quebrado o nariz de Nikki; agora teria mais uma coisa para deixá-la chateada.

– Ah, uau – Cassie disse. – Eu não tinha a menor ideia.

– Tudo bem – Tucker disse. – Ei, tá a fim de ir ao Carl Schurz qualquer dia? Até semana que vem eu não posso porque tenho aula preparatória pro vestibular, e treino de lacrosse, mas na outra seria uma boa. Tipo, se você quiser, claro.

Carl Schurz era um parque da cidade. Cassie estava dormindo e sonhando, ou Tucker McKenzie tinha acabado de convidá-la pra sair?

– Peraí, isso não é parte da piada? – disse ela. – Se eu disser sim, você vai começar a rir de mim.

– Eu juro que não vou rir – ele disse.

Foi tão bonitinho; ele parecia nervoso, como se estivesse com receio de que *ela o* rejeitasse.

– Tá, então sim – disse Cassie. – Eu adoraria.

Os dois voltaram juntos à escola – juntos *mesmo*. Ela fantasiara sobre andar para qualquer lugar ao lado de Tucker tantas vezes, e agora estava acontecendo. A fantasia era realidade.

– Posso te perguntar uma coisa? – disse Tucker.

Será que ele ia pedir para segurar sua mão?

– Claro – disse a menina, torcendo para a mão não estar muito suada.

– Quem é aquele velho seguindo a gente?

– Que velho? – Cassie ficou confusa.

– Acho que o vi perto da escola também – Tucker disse.

Cassie olhou para Roger, seguindo-os meio quarteirão atrás. A menina tinha ficado tão absorta que se esquecera de Roger.

– Ah, *ele* – Cassie disse. – Se eu te contar, promete guardar segredo?

– Claro.

– Bom, você vai achar superesquisito, mas ele é um agente do FBI, um agente federal, que tem que me seguir a todo lugar por um motivo que eu não sei, e mesmo se soubesse não poderia contar pra você.

Eca. Cassie disse tudo aquilo rápido demais, de novo, provavelmente bancando a bobona – não conseguia evitar.

– É sério? – disse Tucker. – Ele é mesmo do FBI?

– Eu nunca mentiria pra você – Cassie disse.

– Isso é tão legal – ele disse.

– Que eu nunca mentiria pra você ou que ele é do FBI? – ela perguntou.

– Os dois – ele disse.

Na escola, Cassie quis muito não ter que se despedir de Tucker. Queria que já estivessem no parque, e que não houvesse mais ninguém ao redor.

– A gente se vê – ele disse.

Cassie foi para a aula seguinte, teatro, mas nem sabia por que se dava ao trabalho. Tinha certeza de que não conseguiria prestar atenção em nada que não tivesse a ver com Tucker McKenzie, e em como aquele estava sendo, definitivamente, o melhor dia de sua vida.

No dia seguinte, Nikki estava de volta à escola pela primeira vez desde que tinha quebrado o nariz com a bolada. Tinha uma bandagem enorme em torno do nariz. Cassie se sentiu muito mal. Lembrou-se do que o pai lhe dissera, que era preciso encontrar um jeito de expiar seus pecados cometidos contra Nikki. Bom, ele não tinha dito "expiar" nem "pecados", mas algo semelhante, em essência. O pai sempre dizia que, na vida, a gente recebe aquilo que dá, o que era meio irritante. Principalmente porque ele tinha razão.

Cassie não conseguiu reunir coragem para dizer algo a Nikki durante a primeira aula, mas depois, foi até a menina no corredor e disse:

– Oi. Ouvi falar do seu nariz. Sinto muito.

– Sente por quê? – retrucou Nikki. – Não foi culpa sua.

Cassie imaginou a cena: uma garota encolhida, do tamanho de uma formiga, arremessando uma bola de basquete na cara da inimiga.

– É, eu sei disso – disse. – Quis dizer que sinto muito que tenha acontecido isso com você. Tá doendo ainda?

– Quando aconteceu doeu pra caramba – disse Nikki. – Ontem ainda doía muito, mas o médico me deu alguns remédios, e melhora bastante quando eu tomo. Hoje tá doendo um pouco, mas pelo menos não parece que a minha cabeça vai explodir.

– Que saco – disse Cassie. – Talvez eu possa te ajudar a fazer a lição de cálculo qualquer dia.

– Como assim?

– Tipo, depois da aula, ou no fim de semana, posso te ajudar na matéria. Quer dizer, eu sei que você odeia Matemática, e disse que seus pais estavam até pensando em te arranjar um professor particular. E como eu não tenho dificuldade nessa matéria, achei... ah, seria legal te ajudar, só isso.

Elas estavam no final do corredor, perto das escadas. Crianças passavam por elas, rindo e conversando sem sequer notá-las.

– Não tô entendendo – disse Nikki. – Por que tá sendo legal comigo?

– Por nada. Porque sim.

– Mas não tem por que ser legal. Eu é que devia ser legal. Quando tava no hospital, vendo o que tinha acontecido com o meu nariz, pensei em como fui mala com você. E foi estranho porque pensei que talvez eu merecesse levar a bolada e quebrar o nariz.

– Não merecia, não – disse Cassie. – Foi só um acidente.

– Não, não foi acidente. Aconteceu sozinho. Sei que parece loucura, mas a bola simplesmente voou do chão e me acertou no nariz, sozinha. Ninguém jogou.

– Mas não foi a Keely que te acertou com a bola? – disse Cassie. – Pelo menos é o que todo mundo diz.

– Não, quem disse que aconteceu isso foi a Sra. Jill. Então claro que o diretor e o coordenador acreditaram, porque ela é professora. Mas é mentira dela. Ela não viu nada. A própria Keely disse que não jogou a bola em mim, mas o diretor diz que eu tô falando isso pra proteger a Keely, o que é uma supermentira. Se ela tivesse jogado a bola em mim, eu teria dito que ela jogou, porque ia querer que ela pagasse por isso, mas ela não jogou, a bola voou sozinha. Sei que parece loucura, porque eu mesma me sinto louca quando falo, mas foi isso que aconteceu, e é tão, mas tão frustrante ninguém acreditar em mim.

Todo mundo acha que eu fiquei louca. Até meus pais acham que eu fiquei louca.

Nikki chorava, as lágrimas rolando por cima das bandagens do nariz.

– Eu não acho que você ficou louca – disse Cassie.

– Todo mundo acha que fiquei louca. Todo mundo que tava lá e todo mundo que não tava.

– Eu acredito no que você contou.

– Jura? Não tá falando só por falar?

– Não. Eu te conheço. Se você diz que aconteceu é porque aconteceu.

– Mas como aconteceu? Que loucura.

– Quem liga?

Nikki olhou para Cassie por alguns segundos, como se tentasse sacar se ela estava falando sério. Então a abraçou e disse:

– Uau, obrigada. Você é incrível.

Cassie também ficou feliz. Era muito bom ter a melhor amiga de volta.

– Ei, quer ir fazer compras na rua 86 depois da aula? – Nikki perguntou.

– Eu adoraria, mas hoje não posso.

Nikki olhou para trás, para o final do corredor, onde Roger a espreitava, e depois retornou.

– Qual é a daquele cara, afinal?

– Ah, não é ninguém.

– Zoe disse que você disse a ela que ele é tipo um supervisor da escola. – Nikki parecia confusa. – Ele fica te seguindo todo dia? O que um supervisor faz?

– É, ele só monitora o desempenho dos alunos, sabe, tipo um monitor de desempenho escolar – disse Cassie, sabendo que não fazia o menor sentido. E acrescentou: – Tipo, é que nem uma pesquisa escolar. Sabe, pesquisa do Ministério da Educação. Nada de mais. Ih, uau, eu tenho que pegar um negócio no meu armário antes do próximo período. Te mando mensagem depois.

Cassie conseguira escapar dessa vez. Mas sabia que seria difícil manter Roger e a história toda da ordem de proteção em segredo perante Nikki e todo mundo por mais tempo, principalmente por já ter contado, em parte, para Tucker.

Esse foi o melhor dia de aula que Cassie teve em muito tempo. Foi ótimo se dar bem com Nikki de novo, não ter aquela sensação de vingança na cabeça. Agora que a amiga estava sendo tão legal e boa, Cassie mal se lembrava de por que quisera mexer com ela no outro dia, quando usava o traje do Homem-Formiga. Voltando atrás, tinha sido um comportamento tão imaturo, nada digno de alguém da idade dela, principalmente por não haver motivo, já que Tucker na verdade não estava tirando sarro dela. A postagem de Nikki no Instagram devia, na verdade, ter ajudado Cassie, porque foi graças a isso que o garoto descobriu que ela gostava dele, algo que talvez nunca soubesse de outro modo.

Cassie estava tão feliz que até mesmo o fato de Roger segui-la para todo canto não parecia mais tão embaraçoso ou ridículo. Ela viu Tucker algumas vezes – na primeira vez, ele estava com amigos, perto do armário, e não a viu. Depois ela o encontrou no corredor em que costumavam se cruzar, e em vez do "oi" que geralmente trocavam, tiveram toda uma conversa. Bom, talvez não uma conversa, mas se falaram por uns trinta segundos, e ele disse que tinha gostado da blusa que ela estava usando, o que foi incrível porque ela resolvera usá-la – a blusinha da Uniqlo – especificamente porque esperava vê-lo e esperava também que ele notasse a blusa e comentasse, foi como um sonho realizado.

Foi difícil se focar em qualquer coisa durante o resto do dia, porque ela estava tão absorta, revendo cada segundo, cada detalhe da conversa com Tucker. Algumas vezes os professores a chamavam, mas ela estava distraída e não respondia. Um professor, o Dave, de Química, foi conversar com ela depois da aula. Perguntou se havia algo a incomodando nos últimos dias, ou se a "situação" na qual ela se encontrava – a ordem de proteção, no caso – vinha atrapalhando seu desempenho escolar. Ela disse que não, que estava tudo bem, e que estaria mais concentrada no dia seguinte. O fato era que ela só conseguia pensar em Tucker McKenzie e no que ele queria dizer para ela, o que ela queria dizer para ele, e o mais importante: em como tudo isso a fazia se sentir.

Ao sair da escola, um pouco depois das três da tarde, ela esperava encontrar Tucker por acaso. Bom, não seria tanto por acaso – ela sabia que muito provavelmente ele estaria lá fora na entrada –, mas não o viu. Ela seguiu pelo quarteirão e entrou na 1ª avenida, torcendo para ele estar por ali, mas viu apenas dois homens vindo apressados em sua direção.

No começo ela não notou nada de muito esquisito neles. Eles vinham rapidamente em sua direção, com expressões muito sérias, mas ali era em Nova York. Havia uma tonelada de gente na cidade e uma tonelada de coisas estranhas acontecendo o tempo todo. Talvez os caras só estivessem com pressa e não viessem de fato para cima dela, queriam apenas passar *por* ela.

Então Cassie viu que os dois homens estavam armados, mas nem teve tempo de ter medo ou entrar em choque – além disso, a cena toda lhe pareceu totalmente surreal. Foi somente quando um dos homens, o mais alto, atirou – não em Cassie, mas em alguém atrás dela – que o pânico a dominou, mas nesse ponto já era tarde demais para reagir, porque o cara mais baixo já a tinha agarrado e a forçava a entrar no banco de trás de um carro. Uma mulher, alguém na rua, gritou algo como "olha ali!", e Cassie pensou em Roger, *ai meu Deus, Roger!*, mas logo o cara mais alto entrou no carro, sentou-se ao lado dela e bateu a porta, e o carro saiu às pressas.

Antes que ela pudesse gritar por socorro, o baixinho colocou alguma coisa em seu rosto, uma toalha ou um trapo. Estava úmido, e tinha um cheiro forte e adocicado. Ela lutou e gritou sob o pano, pedindo que a soltassem, mas o homem não tirou o pano da boca e do nariz dela, e Cassie foi ficando meio tonta. Então ela pensou: *Ah, não, é como num filme, o que tem no pano vai me fazer desmaiar*. Foi ficando cada vez mais zonza, talvez em parte por causa do pânico; estava demorando mais do que nos filmes, mas estava acontecendo, estava acontecendo mesmo, mas por quê? Por que justo ela? Sabia que tinha a ver com o pai, com a causa daquela ordem de proteção idiota. Ela se lembrou da vez em que perguntou ao pai por que ele queria ser o Homem-Formiga, tipo o que ele ganhava com isso, e ele dissera: "Tem pessoas boas e más no mundo, e as pessoas más merecem ser punidas". Bom, talvez ela fosse uma pessoa má e estava sendo punida pelo que fizera a Nikki, por ter quebrado o nariz dela, e foi ficando ainda mais zonza por causa daquele troço, sabia que seus pensamentos não faziam muito sentido, mas continuou pensando *por quê? Por quê?* E quando tentou gritar por socorro novamente, nem conseguiu fazer a boca se mexer.

E então ficou tudo escuro.

11

— RAPTADA? O que diabos você quer dizer com raptada? O que tá acontecendo?

Scott e Carlos estavam no elevador do prédio comercial na avenida Park South.

– Acabou de acontecer – Carlos disse –, numa esquina perto da escola.

Subitamente, Scott ficou tonto, a cabeça leve.

– Isso é um engano, certo? Quer dizer que ninguém sabe onde ela está?

– Não, ela foi raptada. Roger levou um tiro. Mas pegaram a placa, e temos descrições dos sujeitos. Vamos resgatá-la, eu juro.

Sabendo que aquela era uma situação totalmente diferente, que era real, Scott perguntou, ensandecido:

– A Cassie tá bem? *Tá bem*?

– Até onde sabemos, sim.

Até onde sabemos.

Havia sido Dugan; só podia ter sido ele. Scott não conseguia se lembrar desde quando se sentia assim tão aterrorizado, tão impotente. Era o exato oposto do que devia sentir um super-herói – mas a maioria dos super-heróis não tinham filhas desaparecidas.

– Acho que não era o corpo do Dugan naquela fábrica – disse ele. – Acho que vocês se enganaram nisso também.

– Não sabemos se era ou n...

– Ele tá vivo – Scott exclamou. – Nós dois sabemos disso.

Saíram do elevador quando chegaram ao saguão. Scott agarrou Carlos pelos ombros e o prensou contra a parede.

– Eu preciso saber exatamente o que aconteceu. Agora!

– Eu disse tudo que sei, amigo. Um carro parou. Atiraram no Roger e levaram a sua filha.

– Vocês deveriam proteger ela – disse Scott. – Era disso que se tratava a ordem. Vocês não sabem fazer o trabalho de vocês, não?

– Alguma coisa deu muito errado... claro – disse Carlos. – Nosso homem foi ferido. Sugiro que me solte.

Sabendo que não havia tempo a perder, Scott soltou Carlos e saiu às pressas do prédio com ele. Entraram no Charger de Carlos e, com a sirene e o farol do teto ligados, chegaram ao bairro de Scott em menos de dez minutos.

No carro, Scott não disse nada. Agarrava-se à tênue esperança de que no fim tudo aquilo fosse apenas um engano. Não estava pronto para considerar a possibilidade de que Cassie estivesse em perigo, ou pior. Odiava sentir-se impotente, como uma vítima. Precisava ter poder, ter controle. Precisava ser o Homem-Formiga.

Qualquer esperança de que tudo fosse um engano evaporou quando chegaram perto da 1ª avenida pela rua 76. A área inteira tinha sido interditada, e não deixavam o tráfego passar.

Scott saiu do carro. Atrás dele, Carlos gritou:

– Ei, espere, aonde você vai?

Scott disparou à frente, e foi costurando por entre a multidão até chegar à área interditada, perto da avenida. Já tinha erguido a faixa da polícia e estava prestes a passar por baixo quando um policial civil corpulento com sotaque do Brooklyn disse:

– Ei, cara, afaste-se.

– Ela é minha filha – disse Scott. – Cassie... a menina que foi raptada.

O agente do FBI, Warren – o que viera ao apartamento dele na noite em que todo esse pesadelo começou – vinha correndo na direção deles.

– Pode deixar – disse. – Deixe ele passar.

Ainda atrás da faixa, Scott lhe disse:

– Foi o Dugan?

– Ainda não temos certeza.

– Olha, é a minha filha – exclamou Scott. – Minha filha, viu? Não quero essa sua informação parcial. Que se ferre o seu protocolo. *Vocês* deixaram isso acontecer. Quero saber o que tá acontecendo na Louisiana e aqui. Agora!

– Olha, eu entendo como você está preocupado, mas já te dissemos tudo. Não estou escondendo nada. Até onde eu sei, a investigação sobre a morte do Dugan na Louisiana continua em andamento. Fique sabendo que estou fazendo tudo o que posso para trazer sua filha de volta em segurança.

– Segurança – Scott zombou. – Nisso vocês são muito bons mesmo. E as testemunhas? Alguém viu alguma coisa?

– Sim – disse Warren. – Ainda estão sendo interrogadas, então pode haver mais informação, mas as testemunhas viram dois homens. Um atirou no Roger, e depois levaram Cassie. Temos uma identificação preliminar de um deles, Ricky Gagliardi.

Scott odiou o jeito como Warren dissera "levaram" Cassie. Soou-lhe muito frio.

– Eu conheço Gagliardi – disse Scott. – Trabalhava com Dugan. Isso significa que ele tá envolvido.

– Não necessariamente – disse Warren. – O pessoal do Dugan pode estar trabalhando por conta própria. O que você sabe sobre esse Ricky Gagliardi?

Subitamente Warren pareceu interessado só porque – e agora estava bem claro – o dele estava na reta. A situação saiu totalmente de controle justo no turno dele. Ele queria, sim, encontrar Cassie, mas apenas por ser o único jeito de salvar o *seu* emprego.

– Não conheço o cara, na verdade – disse Scott. – Faz muitos anos. Temos conhecidos em comum.

Scott não estava sendo totalmente sincero. Conhecia Gagliardi, ou "Gags", muito bem, inclusive por ter feito pequenos trabalhos com ele e Dugan. Gags era um grandalhão, pura força. Ninguém ousava mexer com ele, o que fazia dele um cara valioso quando a equipe precisava intimidar alguém. Scott não lembrava muita coisa de Gags, mas não se lembrava de odiar o cara. Para um criminoso, tinha uma personalidade bem decente. Adorava pregar peças – parte do motivo por ele ter esse apelido – e era fã dos grandes filmes, vivia falando dos filmes do Scorsese. Sempre deu a impressão de gostar de Scott; pelo menos ria de suas piadas. Scott nunca teve nenhum problema com o cara, nunca testemunhou contra ele, e era assim que ele agradecia dez anos depois? Como é que um cara hoje ri das suas piadas e amanhã sequestra a sua filha?

– E o carro? – Scott perguntou. – Alguém identificou, anotou a placa?

– Uma testemunha, um entregador de pizza, viu a coisa toda. Temos descrição do veículo, inclusive a placa, mas infelizmente o carro acabou de ser encontrado no Bronx. Pelo visto trocaram de carro.

É, e a uma hora dessas já devem ter trocado mais duas vezes, Scott pensou.

Ele sabia como Willie Dugan trabalhava, e essa situação era a cara dele. Este era um homem que passara nove anos construindo um túnel para escapar de Attica. Sempre desenvolvia os planos até o último detalhe. Mas o que conseguiria com Cassie? Não era muito típico dele ir atrás da filha de um cara quando podia ir atrás do próprio cara. Se estava disposto a balear um agente federal, por que não mandara comparsas para atirar em Scott e Carlos? Para que perder tempo com Cassie, afinal?

– Como puderam deixar isso acontecer? – disse Scott. – Você só tinha uma função: protegê-la.

– E fizemos nosso melhor – Warren gritou de volta. – Ainda estamos fazendo. Quando começam a atirar, há uma limitação do que podemos fazer, seja protegendo a sua filha ou o presidente do país. Mas estamos fazendo tudo que podemos, usando todos os recursos disponíveis, para encontrar a sua filha. É a nossa prioridade.

Scott ainda estava furioso com Warren, mas não queria ficar atribuindo culpa naquele momento. Precisava do agente totalmente concentrado em encontrar Cassie. Além disso, sabia que não estava sendo muito justo: foi ele quem não dera bola para as ameaças de Dugan, que não tinha acreditado que este fosse vir atrás dele e de sua família.

– Está certo – disse. – Vamos apenas encontrá-la.

Outro agente veio e levou Warren dali. Scott avistou Carlos na outra ponta do quarteirão, obviamente procurando por ele. Scott passou por detrás de um furgão para evitar ser visto. Seu celular tocou. Ele o tirou do bolso no primeiro toque, rezando para ser Cassie, mas era Peggy.

Preparando-se para a bronca, sabendo o inferno que esperava por ele, Scott atendeu a ligação, já dizendo:

– Já ficou sabendo.

– *Por favor...* – Peggy chorava. – *Por favor, diga que não é verdade.*

– É, sim – Scott disse – mas vou encontrá-la. Eu...

– *Isso é culpa sua!* – ela berrou. – *Culpa sua!*

Scott tinha ouvido aquilo apenas cem mil vezes ao longo de seu casamento.

– Olha, agora não é hora de culpar...

– *O Homem-Formiga* – ela interrompeu. – *O maldito do Homem--Formiga e os seus segredos malditos.*

– Isso não tem nada a ver com isso – Scott rebateu, percebendo que fizera uma declaração ridícula. E então acrescentou: – Você está sozinha aí?

– *Viu?* – ela disse. – *Você só liga pra esse seu segredo maldito; só liga pra isso.*

– Peggy, por favor, tente...

– *O quê? Ficar calma? Vai me pedir pra ficar calma? Eu sabia que tinha sido um erro ter deixado a Cassie com você. Um ex-presidiário! Mas não achava que daria tão errado, Scott, que você ia deixar isso... o que tá acontecendo, afinal? Eu tenho que saber.*

– Olha, agora não é a hora...

– *Só quero minha filhinha de volta.* – Peggy chorava muito. – *Quero minha filha em segurança.*

– Confia em mim... – Scott também estava se emocionando, sentiu as lágrimas mornas escorrendo por suas bochechas. – Eu quero a mesma coisa. Eu prometo, vou trazê-la de volta, e vou fazer a pessoa que fez isso pagar.

– *Cansei das suas promessas* – disse ela. – *Estou indo pra Nova York.*

– Não, – Scott disse. – Isso é um erro. Não tem nada que você possa fazer aqui, e é mais seguro ficar aí.

– *Tenho que fazer alguma coisa. Minha filha precisa de mim.*

O celular de Scott vibrou – chegou uma mensagem.

O código de área era estranho, fora de Nova York: 859. Seria de Cassie? Será que de algum jeito ela havia conseguido um celular?

– Ligo para você depois – disse Scott.

– *Scott, não...* – Peggy disse.

Ele encerrou a ligação e acessou mensagem. Ela dizia:

Se quiser ver sua filha viva, ligue de um celular pré-pago em cinco minutos

Scott xingou em voz alta. Alguns policiais que estavam perto olharam para ele.

E então chegou mais uma mensagem do mesmo número:

NADA DE POLÍCIA

Scott olhou ao redor freneticamente, supondo que quem mandara a mensagem estava ali perto, na cena do crime. Então ele avistou Carlos passando em meio à multidão, procurando por ele. Scott precisava evitar Carlos. Com o agente por perto, seria impossível ligar para o tal número com a privacidade que precisava.

Para afastar-se da multidão e de Carlos, Scott entrou numa farmácia no quarteirão seguinte e entrou na fila para acessar o local onde ficavam os celulares pré-pagos. Havia duas pessoas na frente dele: uma senhora que fuçava a bolsa em busca de trocado para terminar de pagar pelas compras e um cara de cabelo comprido, óculos e boné dos Brooklyn Dodgers virado para trás.

Scott checou o celular – fazia três minutos que recebera a mensagem, então tinha dois minutos para comprar o celular e retornar a ligação.

A mulher dizia:

– Eu sei que tem mais uma moedinha em algum lugar aqui.

– Por favor, estou com um pouco de pressa – disse Scott.

– Você vai ter que esperar – o atendente, um rapazinho, retrucou.

Novamente, Scott desejou estar com o uniforme do Homem-Formiga. Embora não roubasse nada havia anos, havia situações em que roubar uma loja é permitido, e uma delas é quando sua filha foi raptada e você tem mais dois minutos para comprar um celular e ligar para o sequestrador. Ele podia ter passado para trás do balcão, retirado um celular do mostruário e saído da loja – torcendo para que ninguém reparasse na bizarra cena de um celular sendo carregado por um homem do tamanho de uma formiga.

– Vou ter que te dar um dólar mesmo – disse a senhora.

Quando ela finalmente terminou a compra, o cara de boné de beisebol, percebendo a agitação de Scott, disse:

– Tudo bem, cara, pode passar na frente. Sem problema.

Quem disse que os nova-iorquinos não são amigáveis?

– Preciso de um celular daqueles – Scott disse ao atendente.

– Qual deles? – ele perguntou.

– Qualquer um – Scott disse. – Aquele ali... esse mesmo.

O atendente teve de pegar uma chave com o gerente para abrir o mostruário e retirar o celular. Scott pagou com cartão de crédito, e saiu correndo da loja. Virou na esquina da rua 75 e invadiu o saguão de entrada de um prédio.

Tinha um minuto... ou menos, se o autor da mensagem tivesse começado a contagem no instante em que a enviara, em vez de quando fora recebida. Suado e agitado, Scott ativou o celular o mais rápido que pôde e discou o número.

Alguém atendeu.

12

– HÁ QUANTO TEMPO – disse Dugan. – *E bem na hora.*

Scott não ouvia a voz de Willie Dugan fazia muitos anos – Dugan optara por não testemunhar nem dizer uma palavra sequer em público durante seu julgamento por assassinato. Mas não havia dúvidas de que era ele mesmo.

– Quero falar com ela, agora – explodiu Scott.

– *Que indelicadeza* – disse Dugan – *A gente não se fala faz anos, e agora nada? Nem um "e aí, como você tá"? Não está curioso? Não tá nem aí pro que passei?*

– Passa pra ela agora, Willie.

– *Humm, estamos muito bravinhos! Que foi, está com dificuldade de controlar a raiva agora, Scott? Você costumava ser um cara tão calmo, escutava Bob Dylan e Cat Stevens. Tocava violão também, se bem me lembro.*

– Willie, me deixa falar com ela.

– *Que pena, ela não pode falar no momento. Gostaria de deixar recado?* – Willie ria.

Scott tinha uma pressão sanguínea normal, mas agora já devia estar passando de dezoito.

– Eu juro – Scott disse –, se você a machucar, vou te caçar e acabar com você.

– *Diga isso com sotaque irlandês e vai ficar igualzinho ao Liam Neeson.*

– Não estou brincando – disse Scott.

– *Ah, eu não achei que estivesse* – rebateu Dugan. – *Então, está surpreso que eu estou vivo? Tipo, há dias todo mundo anda dizendo que morri.*

– Não estou surpreso – Scott disse.

– *Não acredito nisso* – Dugan disse. – *Sei como você é... sempre o Sr. Otimismo. Parte de você quis acreditar que eu tava morto, que tudo tinha acabado, mesmo que a parte inteligente soubesse que eu não estava.*

– Como você fez isso? – Scott perguntou, supondo que teria mais chances de conseguir informação com Dugan se ficasse puxando papo, se o mantivesse na linha.

– *Estou um pouco surpreso por ninguém ter sacado até agora* – disse Dugan. – *Tipo, com todo aquele equipamento chique de DNA que existe hoje em dia. Estou surpreso que ainda ninguém comentou que o Mulligan sumiu.*

– Mulligan? – perguntou Scott.

– *Lawrence Mulligan* – Dugan disse. – *Lembra? O juiz que presidiu o julgamento. Sabe, aquele em que você me delatou.*

Scott lembrou-se do nome.

– Espera – disse ele –, então você...

– *É, eu matei o sacana* – Dugan disse. – *Estava aposentado em Nova Orleans. Morava sozinho, acho que ninguém percebeu que o cara sumiu. Mas eu achei que se arrumasse tudo pra parecer que tava morto, teria mais chance de chegar até você. Ah, e à sua garotinha.*

– Seu filho da mãe – Scott disse. – Se machucar ela, eu te mato!

– *Uau, Scotty, você não é assim.* – Dugan parecia estar se divertindo muito com a conversa. – *Quer dizer, você não é um amador tipo aquele cara, o Castle. O Homem-Formiga não mata pessoas, ele leva pra justiça, certo?*

Como Dugan havia descoberto que Scott era o Homem-Formiga? Cassie havia contado? Ela não faria isso... a não ser que fosse ameaçada ou torturada.

– *Não faço ideia do que você tá falando* – Scott mentiu.

– *Pode se fazer de bobo o quanto quiser* – Dugan disse –, *mas eu sei a verdade. Descobri há algum tempo, enquanto estava na prisão. Eu sabia que você conhecia Hank Pym, aquele médico... foi você mesmo quem me falou dele. Depois teve o incêndio naquele motel. Como será que eu consegui sair de lá? Foi um milagre... ou será que não foi? Os bombeiros disseram que parecia que eu havia pulado da janela, mas eu sabia que tava preso lá em cima, fraco demais pra pular. Não tinha como eu ter me levantado, ido até a janela e pulado. Digo, não sozinho. Eu tava quase desmaiando, morrendo, mas... bom, você sabe o resto, Scott.*

Scott não sabia por que Dugan tocava naquele assunto, mas precisava mantê-lo na linha. Precisava descobrir onde Cassie estava e certificar-se de que ela estava bem.

– Não entendo o que isso tem a ver com a Cassie – disse.

– *Achou que eu fosse idiota?* – disse Dugan. – *Que eu não fosse sacar?*

– Se ela estiver com você, pode pelo menos...

– *Não tô falando da sua maldita filha!* – Dugan berrou. E então Scott escutou-o respirando fundo algumas vezes, como se tentasse se acalmar.

Jesus, o cara parecia totalmente fora de controle, e estava com a Cassie. Aquele era o pior dos pesadelos imagináveis.

– *Tipo, eu admito que levei um tempo pra juntar as peças* – continuou Dugan. – *Foi o timing que te entregou. Você disse que ia sair da equipe, queria se endireitar, e logo depois comecei a ouvir falar do Homem-Formiga. Ele usa as partículas Pym no cinto ou sei lá, encolhe, fica do tamanho de uma formiga e trabalha com os grandões, Homem de Ferro, Capitão América, até com o Homem-Aranha, ajudando a livrar o mundo do mal e essa porcaria toda. Muitos rumores rolaram também. Todo mundo ficou intrigado. Quem é esse cara que encolhe? Será que é meu amigo? Será que é meu vizinho? Será que Hank Pym passou a tecnologia pra outra pessoa? Daí eu fui preso, chega meu julgamento, e quem colocam para testemunhar contra mim? Meu antigo parceiro leal. Coube direitinho; mais uma peça do quebra-cabeça. Foi por isso que você testemunhou contra mim, né? Porque ficou todo certinho. Então essa sua virada de casaca me colocou na prisão, prisão perpétua, e enquanto isso você leva esse vidão na cidade grande, fingindo que é herói. É, eu disse "fingindo" porque é isso que você faz. Você finge, você mente. Sabia que pensei em você todos os dias na prisão? Pensei no que ia fazer pra me vingar de você. Tinha outras pessoas na minha lista, mas com eles foi só aquecimento. Você é o meu grande prêmio, Scott. Cada dia que eu passei construindo aquele túnel com as próprias mãos, isso mesmo, com as mãos, eu pensava em você, que me traiu. E a cada punhado de terra eu chegava mais perto do dia em que ia me vingar de você. Você pode até enganar os outros, Scott, mas não me engana. Sei quem você é. Sei o que você é. Só porque você usa um terno chique não quer dizer que tenha mudado. Você não é herói coisa nenhuma, Scott.*

Scott não sentiu remorso algum; sabia que tinha feito a coisa certa. Contudo, precisava acalmar Dugan, argumentar com aquele lunático.

– Por que você machucaria a mim ou a minha filha? – perguntou. – Eu entendo que você me odeie por causa do julgamento, mas se o que diz é verdade, e não estou dizendo que não seja, então eu salvei a sua vida.

– *Vida?* – Dugan disse, parecendo chocado. – *Eu não vivi, eu fiquei preso. Você cumpriu quanto, seis meses? Um ano?*

– Quase dois anos – Scott disse.

– *Dois anos numa colônia de férias se comparado ao que eu passei em Attica. Sabe que tipo de animal ficou lá comigo? Sabe o inferno que eu vivi? E chama isso de vida?*

– Sei que você viveu um inferno – disse Scott –, e sinto muito pelas coisas terem acontecido assim. Mas a gente está falando da minha filha, cara. Ela não tem nada a ver com isso. Seu problema é comigo, vem me pegar. Lute comigo como um homem.

Dugan caiu no riso.

– Que foi? – disse Scott. – Está achando graça? Tô falando sério. Solte-a, e te encontro onde você quiser.

Ainda rindo, Dugan disse:

– *Brother, você não mudou nada, né? Sempre achando que é o cara mais esperto da sala. Bom, quer saber? Você não é.*

– Ah, tá, porque você é o mais esperto – disse Scott. – Você sabe tomar boas decisões. Lembro de como você organizava os esquemas até o último detalhe. Sabia quando havia menos pessoal, menos armas, e nunca dava um passo errado. Você pode tomar a decisão certa agora, Willie. Pode...

– *Cala a boca. Está me dando dor de cabeça* – Dugan cortou. – *Nunca mais vou voltar para a prisão, tá me ouvindo? Quando entrei naquele túnel, eu soube disso, não tinha mais volta. Eu tinha que chegar até o final ou morrer tentando, só tinha essas duas opções. Mas eu não morri, eu saí, e agora é a minha vez. Minha vez de me vingar.*

Scott não conseguia acompanhar Dugan, mas prosseguiu.

– Eu te entendo. Você está frustrado, está nervoso. Qualquer um ficaria, na sua situação, mas isso não quer dizer que você tenha que...

– *Vou mandar um endereço pra esse número depois que eu desligar* – disse Dugan. – *Venha hoje, seis da tarde, sozinho. Se eu vir um policial, ou achar que vi, vou meter bala na cabeça da sua filha.*

O rosto de Scott ficou vermelho de raiva, mas ele manteve compostura suficiente para dizer:

– Estarei lá

Scott permaneceu no saguão, esperando que a mensagem chegasse. Só conseguia pensar na ameaça de Dugan de matar Cassie. Era difícil acreditar que passara tanto tempo convivendo com esse psicopata, que chegou até mesmo a gostar dele. No julgamento, Scott vira um Dugan completamente diferente, ouvira sobre as coisas terríveis que o cara fizera, como havia se tornado duro e cheio de ódio. Se, naquela época, Dugan ainda tinha um pouco de moral, a prisão conseguira arrancá-la dele. Agora ele estava totalmente maluco, delirante, irremediável. Será que durante todo aquele tempo Dugan havia escondido de Scott sua verdadeira natureza? Ou os sinais sempre estiveram lá, mas Scott, envolvido em seus próprios problemas, preferira ignorá-los?

A mensagem chegou – um endereço em Wallkill, Nova York. Wallkill? Não havia uma prisão lá? Scott procurou no Google – pois é, a Instituição de Correção de Wallkill. Fazia sentido, na verdade – bom, fazia sentido para Willie Dugan. Ele costumava dizer que o melhor lugar para se esconder dos policiais era bem ao lado da porta da delegacia, por ser o último lugar em que os caras esperariam te encontrar. Expandindo um pouco mais o conceito: se você fosse um presidiário fugido, um dos mais procurados do país, qual seria o lugar mais seguro para se esconder? Que tal uma cidadezinha na qual havia *outra* prisão?

Aproveitando que já estava no Google, Scott abriu o mapa de Wallkill – ficava ao norte, perto de Catskills, a cerca de uma hora e meia da cidade. Eram quatro da tarde. Como Dugan esperava que ele chegasse assim tão rápido?

Scott escreveu:

Preciso de mais tempo

E recebeu:

6 ou ela leva bala, e não mande mais mensagens, o celular vai ser destruído

Scott xingou, depois seguiu para a 2ª avenida. Pensou em dar a volta para chegar ao apartamento, pegando um quarteirão a mais, para evitar dar de cara com Carlos.

Então, atrás de si, ele escutou:

– Ei, aonde você vai?

Scott parou e deu meia-volta.

– Te procurei em todo canto – disse Carlos. – Não pode ficar sozinho agora... é perigoso demais.

– Desculpe. Eu, hã, tive que ficar um pouco sozinho.

Scott continuava com o celular pré-pago na mão. Escondeu-o discretamente no bolso.

– Aonde vai agora? – Carlos perguntou.

– Só queria ir pra casa – Scott disse. – Esperar pelas novidades lá.

– Tá indo na direção errada.

– Ah, é – disse Scott, fingindo desorientação. – Tem razão.

– Eu te acompanho – disse Carlos. – Tenho que garantir que sua casa está segura, e quero ficar com você. Nem imagino o que está passando pela sua cabeça agora.

O que passava pela cabeça de Scott era muito simples: estava planejando o jeito mais rápido de se livrar de Carlos e chegar voando em Wallkill.

No prédio, Carlos entrou junto com Scott no apartamento e, olhando ao redor, sugeriu:

– Posso te fazer companhia, se quiser.

– Não, está tudo bem. Tem umas coisas que preciso fazer agora.

O celular dele, o celular *verdadeiro*, tocou. Scott checou a tela e leu: Tony Stark.

– Preciso atender... é minha ex-mulher – mentiu.

– Vou estar lá embaixo se precisar de mim – disse Carlos.

Quando o agente se foi, Scott atendeu ao telefone.

– *Acabei de ficar sabendo* – disse Tony. – *Vamos lá... te ajudo a encontrar Cassie.*

Seria ótimo voar até Wallkill com a velocidade de um jatinho. Mas lembrando-se de que Dugan avisara para chegar sozinho, Scott recusou.

– Não precisa, Tony, eu resolvo.

– *Tem certeza? É sua filha que está em perigo. Não é hora de ser orgulhoso, cara.*

Scott não estava tomando uma decisão movido por orgulho. Se achasse que levar Tony junto aumentaria as chances de trazer Cassie a salvo para casa, claro que aceitaria a oferta.

– Não, está tudo bem – disse. – Sério, agradeço muito. Se precisar de apoio, te procuro, mas não acho que seja o caso.

– *Então já sabe onde está esse cara?* – perguntou Tony.

Scott não respondeu.

– *Vou entender como um sim. Tudo bem, Scott, você é quem sabe, claro. Tenho certeza de que tem tudo sob controle, mas tome cuidado. Esse tal de Willie Dugan parece que não tem nada a perder; esse é o tipo mais perigoso de criminoso.*

Scott já estava agachado no armário, digitando a combinação que abria o cofre.

– Não se preocupe. – Ele abriu a portinha, revelando o traje do Homem-Formiga. – Ele vai ter que jogar com as *minhas* regras.

Conforme Scott vestia o traje, foi sentindo sua pulsação aumentar, como de costume. Era isso que ele tinha nascido pra fazer na vida – sua vocação; a coisa certa a fazer. Como homem, era apenas mais um trabalhador, um rosto anônimo na multidão. Mas quando vestia o uniforme – ganhando força ao encolher –, tornava-se um lutador, um líder. Foi por isso que Hank Pym confiara-lhe esse poder. Alguns nascem para ser médicos, professores, pedreiros, presidentes. Scott nascera para ser o Homem-Formiga.

O capacete soltou-se das roupas, e Scott o ajustou no lugar. Liberou as partículas Pym – e então *bum*, encolheu. Que barato! Transformara-se centenas, talvez milhares de vezes, ao longo dos anos, mas nunca deixara de sentir-se admirado com a tecnologia, com a nova perspectiva que ganhava do mundo. Ficar pequeno nunca o fazia sentir-se insignificante – fazia-o sentir-se imenso.

Mas a sensação de grandeza não era apenas física, era psicológica. Como homem, os sentidos de Scott limitavam-se aos seus pensamentos e emoções – mas como Homem-Formiga, tinha uma consciência mais ampla e uma compreensão natural de como o universo funcionava. Ficar do tamanho de uma formiga lhe mostrava como a perspectiva humana é limitada – existe um mundo muito maior ao nosso redor que simplesmente não entendemos. Talvez a tecnologia o aproximasse de algo que os budistas procuram: conscientização pura. Em alguma camada de seu inconsciente, ele captava a presença de todas as formigas do prédio, outro mundo de amigos prontos para apoiá-lo feito soldados leais. Scott não confiava plenamente nos humanos – a maioria das pessoas o desapontava ou virava-se contra ele em algum momento –, mas nunca conhecera uma formiga de que não gostasse.

A euforia foi passando, contudo, dominada por sua única preocupação: encontrar Cassie e trazê-la para casa sã e salva.

Scott saiu do apartamento e saltou pelas escadas, um andar por vez. Sabia que estava indo rumo a algum tipo de armadilha. Dugan sempre tinha um plano, um método em meio à sua loucura – e dessa vez o plano certamente teria algo a ver com a identidade de Scott como Homem-Formiga. Foi por isso que Dugan sequestrou Cassie em vez de Scott – por saber que este viria a Wallkill como Homem-Formiga. Contudo, Scott não fazia ideia se compreendia o plano do antigo sócio. Talvez fosse tentar convencê-lo a usar os poderes de Homem-Formiga para cometer algum crime, roubar um banco ou um carro-forte. Talvez o cara planejasse atrair Scott simplesmente para matá-lo – e a Cassie também.

Em frente ao prédio estava Carlos ao celular, provavelmente falando com algum colega do FBI.

– Isso, está lá dentro... Tá, vou fazer isso... Certo, beleza, entendi, sem problema... Sim...

Scott passou por ele sem ser visto. Sabia que Carlos sofreria alguma penalidade por deixar Scott desaparecer do apartamento em seu turno, ainda mais sendo no mesmo no dia em que Roger deixou Cassie ser levada. Mas essa era a última das preocupações de Scott.

Ele correu pela calçada, mais rápido do que podia mover-se em tamanho natural. Na esquina, ele saltou para o topo de um táxi que ia para o norte e firmou-se ali.

Devia ser umas 4:15, então seria preciso vencer o trânsito do horário do rush se ele quisesse ter alguma chance de chegar em Wallkill no prazo das seis da tarde.

Finalmente sentia-se como ele mesmo, seu verdadeiro eu. Não aguentava mais bancar a vítima, escondido sob uma ordem de proteção, sendo saco de pancada.

Era hora de ser o Homem-Formiga.

Era hora de contra-atacar.

13

CASSIE ESTAVA no escuro e em silêncio total.

Quando desmaiou, os homens cobriram seus olhos com uma venda, ou fita, ou talvez ambos, e taparam-lhe a boca também, para que não pudesse gritar. Então arrastaram-na para fora do carro e depois para dentro de outros carros mais algumas vezes. Não paravam de mandá-la ficar calma e fazer tudo o que diziam, que ficaria tudo bem. Ela não acreditava, mas sabia também que o pai viria resgatá-la. Talvez viesse sozinho, talvez com o Homem de Ferro e o Homem-Aranha, para salvá-la e colocar esses caras na cadeia.

Contudo, agora, já não tinha mais tanta certeza.

Não fazia ideia de onde estava nem como o pai poderia encontrá-la. Julgava que algumas horas haviam passado desde o sequestro, mas estava com tanto medo que perdeu a noção do tempo. E mesmo que tivessem se passado duas horas, isso não significava necessariamente que ela estava a duas horas de Manhattan. Havia lido uma história do Sherlock Holmes na aula de Inglês, no ano anterior, na qual os criminosos sequestraram um cara e o colocaram no porta-malas do carro e o levaram a um lugar que parecia muito distante por causa do tempo que passara, mas acabou que tinha sido um truque. Os criminosos tinham dirigido em círculos o tempo todo. Cassie não acreditava que era isso o que tinham feito com ela, porque certamente não estava em Manhattan. Quando a tiraram do carro pela última vez, com o grandalhão pedindo que parasse de chorar e ficasse tranquila, ela sentiu cheiro de grama, flores e do ar fresco e limpo do interior.

Ela parou de andar e deixou os pés arrastarem, recusando-se a ir além.

– Anda – disse o grandão. – Pode ir por bem ou por mal.

A menina prestou bastante atenção à voz dele, sabendo que, se escapasse dessa com vida, teria que lembrar-se dela. Era um timbre profundo, e com sotaque. Boston? Long Island? Nunca fora muito boa com sotaques, esse era o problema. Eles não arrastavam as vogais em Boston? Ela continuou escutando, esperando que ele arrastasse uma vogal um pouco a mais, e então teria certeza. Sabia que estava sendo ridícula, preocupando-se com sotaques quando sua vida devia estar em perigo, mas estava assustada demais para pensar no que estava de fato acontecendo. Tinha que pensar em outra coisa, se distrair.

– Tá bom, pelo visto ela vai querer ir por mal – disse o grandão.

Os caras a pegaram pelos braços e arrastaram por uma escadaria, para dentro de algum lugar. Era uma casa – sem dúvida uma casa. Tinha cheiro de mofo, mas ela também pensou ter sentido cheiro de comida – alguma coisa apimentada, talvez mexicana. Teria que lembrar-se disso também, caso alguém perguntasse mais tarde. Tinha que dar uma de detetive, como Sherlock Holmes, e continuar juntando as pistas. Seria o melhor jeito de lidar com aquilo: como se fosse um jogo, um mistério.

Abriu-se uma porta. As portas rangem em casas antigas, certo? Então estava numa casa antiga no interior onde talvez vivessem mexicanos moradores de Boston. Tá, não era muito, mas já era alguma coisa.

O grandão a mandou sentar-se, então ela se sentou numa cadeira, uma cadeira de madeira.

– Se prometer não gritar nem fazer nenhuma bobagem, eu tiro a fita da sua boca. Acha que consegue fazer isso?

Cassie não achou mais que o cara fosse de Boston, mas não sabia de onde era. Ela apenas assentiu.

– Deve doer um pouco – disse ele, e puxou a fita da boca da menina.

– Ai! – ela reclamou.

– Lembre-se – disse ele –, a gente não tá de brincadeira, então vê se não tenta fazer nada, ou a fita volta pra sua boca.

– Por que tão fazendo isso? – Cassie perguntou.

– Ei – disse o homem –, por acaso eu disse que você podia falar?

– Tenho que ir ao banheiro – Cassie disse.

– Não acredito, está falando por falar – o cara respondeu.

– Por que eu falaria só por falar?

– Deixa ela ir ao banheiro – disse o baixinho.

Cassie gostava mais deste. Parecia mais bonzinho.

– Tá bom – o grandalhão disse. – Acho bom não tentar nenhuma gracinha.

Ele a levou para fora do cômodo até um corredor. O local ainda cheirava a comida mexicana, mas não fez Cassie sentir fome – estava assustada demais para ter fome.

– Tá, o banheiro é aqui, pode entrar – disse o cara.

– Como é que eu vou usar o banheiro de olhos vendados?

– Fica bem aqui à esquerda. Vai tateando que você se vira. E nem pense em tentar sair pela janela. Está parafusada.

Cassie entrou no banheiro e fechou a porta. Teve a impressão de que o homem mentira sobre a última parte, mas não queria tentar nada estúpido e acabar morta. Tinha que torcer para que o pai pudesse salvá-la, de algum modo. Era sua melhor chance – talvez a única.

Foi tão nojento sentar no vaso de olhos vendados. E se estivesse tão sujo quanto os da escola? Mas quando se está com medo de morrer, um vaso nojento não incomoda tanto assim.

Ela pensou em tirar a venda e pelo menos olhar pela janela para ver onde estava, mas teve receio de não conseguir colocá-la de volta corretamente. Além disso, o grandão estava logo atrás da porta e poderia entrar se a escutasse andando até a janela.

Cassie teve que tatear ao redor para encontrar a descarga e a pia. Jamais pensara direito no que os cegos tinham que enfrentar todos os dias. Se saísse dali viva, passaria a dar mais atenção a tudo com que as pessoas com deficiências tinham que lidar diariamente. E ajudaria sempre que pudesse, fazendo trabalho comunitário, ensinando de graça, qualquer coisa. E seria uma pessoa melhor.

Trouxeram-na de volta ao mesmo cômodo. O grandão a mandou sentar-se numa cadeira, e depois o outro a amarrou com uma corda.

– Quanto tempo planejam me manter presa aqui? – Cassie perguntou.

– Isso depende do seu pai – respondeu o grandão.

– O que querem com ele? – Cassie perguntou. – Ele não fez nada pra vocês; não fez nada pra ninguém. – Ela virou o rosto para onde achava que estava o baixinho e disse: – Por que tão fazendo isso comigo? Pede pra ele me soltar? Por favor, não conto pra ninguém o que aconteceu. Só me larguem em Manhattan que eu invento uma história, digo que fugi e fiquei escondida. Até porque foi isso que eu disse pra todo mundo outro dia, que tava escondida, mas na verdade eu tava... – De tão nervosa, Cassie quase soltou que tinha experimentado o traje de Homem-Formiga do pai. – Enfim, todo mundo acreditou, e não vou falar nada sobre vocês. Não vou contar que a casa cheira a comida mexicana. Sou ótima em guardar segredo. É sério, é um dos meus maiores talentos.

– Ei, faz um favor pra si mesma e fica quietinha, falou? – disse o grandão.

Ela continuou falando com o mais baixo.

– Por favor. Sei que você não é igual ao seu amigo. Dá pra ver que é uma boa pessoa... você é diferente.

Ela esperava mesmo que ele *fosse* diferente, que se virasse contra o grandalhão, talvez sacasse uma arma ou algo do tipo.

Mas o cara não era nem um pouco diferente, afinal, ou era só um baita dum covarde, porque quando terminaram de amarrá-la, os dois saíram do cômodo sem dizer mais nada.

Cassie fazia de tudo para agir como adulta. Sabia que chorar não apressaria a chegada do pai.

Mas sabia também que ficar tão calma numa situação daquelas não era normal. Provavelmente estava em choque, e isso desde que o grandão atirou em Roger e os dois a forçaram para dentro do carro.

Roger levou um tiro, um tiro de verdade.

Pensar nisso agora era tão surreal, quase como um pesadelo. Cassie torceu para que ele estivesse bem. Provavelmente ele estaria usando colete à prova de balas, então poderia ainda estar vivo; a não ser que o homem tivesse atirado bem na cara dele. Por que esses homens atirariam num agente federal apenas para sequestrá-la? O sequestro tinha que ter relação com seu pai e com o Homem-Formiga, obviamente. Como sempre, os segredos do pai criavam caos na vida dela. Todas as mudanças que tiveram que fazer quando ela era pequena, a questão do divórcio, era tudo culpa do pai dela e do Homem-Formiga. E agora, se ela morresse, seria culpa dele também.

Estava tão brava com ele, mas, por outro lado, contava com ele para salvar-lhe a vida. Ficou sem saber, então, o que sentir pelo pai, se devia odiá-lo ou amá-lo. A história da sua vida.

Foi então que não conseguiu mais segurar o choro – estava com tanto medo, tão sozinha. Por que a vida tinha que ser assim tão cruel, tão injusta? Aquele passara do melhor dia da vida dela para o pior, em um segundo. Estivera tão feliz durante as aulas depois de descobrir que Tucker gostava dela. Imaginara-se beijando-o tantas vezes, se perguntando como seria a sensação de tocar os lábios e a língua dele. Na verdade, nunca havia beijado ninguém antes. E se morresse sem ter beijado ninguém? Era tão injusto – ela não tinha feito nada para merecer aquilo. Ou tinha? Talvez fosse karma. Porque ela quebrara o nariz de Nikki com a bolada, fora sequestrada e não teria mais a chance de beijar Tucker.

Cassie ouviu passos no corredor, e então a porta abriu e alguém entrou. Era um homem – dava para saber pelo odor corporal. Um cheiro horrível.

– Então você é a filha do Scott Lang, hein? – disse o homem.

Era uma voz grave, igual de fumante. A idade? Na casa dos cinquenta ou sessenta, com certeza mais velho que seu pai. Havia algo de assustador nele, também. Não somente no jeito de falar, em toda sua presença.

– Lembro de quando você nasceu – ele prosseguiu. – Sentava no meu colo. Eu sabia que você ia ficar bonita quando crescesse.

Assustador *mesmo*.

– Quem é você? – Cassie perguntou. – O que você quer?

– É, você é mesmo filha do seu pai, hein. Atrevidinha. Era isso que eu mais admirava no seu pai. Ele era de lutar, não de choramingar. Não desistia nunca.

– Acho bom você não me machucar – disse Cassie. – E é melhor me soltar, escuta o que eu tô falando; meu pai vai te procurar, te encontrar e...

– Não se preocupe, seu pai já está a caminho.

– Ah, é? – Cassie se perguntou se ele estava mentindo.

– É – assegurou o homem. – Falei com ele no telefone, e ele vai chegar por volta das seis.

Ainda achando que era algum tipo de truque, Cassie perguntou:

– Se isso for verdade, por que você está tão tranquilo?

– Como assim? Há algum motivo pra eu ter medo do seu pai? Tipo, se ele for mesmo só um trabalhador comum de Manhattan, que mal pode fazer pra mim?

Cassie entendeu que o cara jogava verde para colher maduro; queria que ela revelasse que seu pai era o Homem-Formiga. Mas não falava como se tivesse certeza disso.

– Ele é meu pai – disse a menina. – Os pais ficam muito bravos quando as filhas estão em perigo.

– Ah, nossa, não quero nenhum pai bravo vindo atrás de mim – o homem disse.

– Você está sendo sarcástico – disse Cassie.

– Certo, quer que eu fale sério, eu vou falar sério – o homem disse.

Chegou a hora – o cara ia atirar nela. Cassie pensou em Tucker, seus lábios, seus beijos. Era essa imagem que queria guardar.

Mas o homem não atirou. Ela ainda respirava, ainda pensava nos lábios de Tucker.

O homem disse:

– Eu era amigo do seu pai. A gente trabalhava junto. Isso faz muito tempo. Tipo uns dez, quinze anos.

O coração de Cassie ainda batia acelerado – se era por achar que estava para morrer, ou por imaginar os beijos de Tucker, não sabia.

– Entendi – disse ela. – Você é um criminoso, que nem o meu pai foi.

– Que palavra pesada essa, criminoso – o homem disse. – Mas é, a gente teve essa fase juntos. Eu confiava no seu pai, literalmente confiava a ele a minha vida, mas daí ele fez uma coisa muito má, fez algo para me trair.

Cassie disse:

– É você que tá atrás do meu pai, não é? Por sua culpa a gente teve que ser protegido.

– Não, não estou atrás dele – disse o homem. – Só quero fazer um trato com ele, só isso. Se ele cooperar, eu te deixo ir. Só depende dele.

– Meu pai não é má pessoa – disse Cassie. – Ele não faria mal a você, a não ser que merecesse.

Assim como eu mereço estar aqui pelo que fiz a Nikki, pensou Cassie.

– É, bom, você pode até ser esperta, mas não sabe de tudo – o homem disse. – Seu pai fez a pior coisa que um homem pode fazer a outro: testemunhou contra ele. Sabe o que é isso?

– Tenho catorze anos, não quatro. Claro que sei o que é.

Retrucar desse jeito fez Cassie sentir-se mais forte, mais capaz. Ela conseguiu se esquecer por alguns segundos de que estava amarrada a uma cadeira e de olhos vendados, ou seja, totalmente incapacitada.

– Criminosos como nós, digo, criminosos mesmo, profissionais, fazem um juramento – o homem continuou. – Não o tipo de juramento que se faz numa corte, não juramos por Deus. Juramos por nós mesmos. Confiamos. Estou falando de confiança. Eu acreditava que seu pai nunca ia me entregar, e foi exatamente isso que ele fez. Pior, ele fez pra salvar o próprio rabo. Colocou a si mesmo antes dos amigos. Que tipo de homem faz isso? E por causa do que ele fez comigo, ter se virado contra mim, passei nove anos no inferno. Nove anos da minha vida morando numa jaula, como um animal. Mas agora que saí da jaula, eu digo pra você: nunca mais eu volto pra lá.

Uma das maiores habilidades de Cassie era a de diagnosticar gente maluca. Às vezes, na cidade, quando estava com amigas no Starbucks ou algum outro lugar, ela apontava para alguém e dizia: "Olha aquele cara ali; é maluco", e as amigas diziam algo tipo "Como assim? Que cara?". E então a pessoa fazia algo totalmente maluco, tipo gritar na cara de alguém ou começar uma briga, e Cassie dizia "Não falei". Ela sempre acertava. E agora esse seu radar de malucos estava, bem, enlouquecendo, gritando que aquele homem era louco. Certamente já tinha matado pessoas, e poderia facilmente matar de novo.

– Se meu pai testemunhou contra você, deve ter tido um bom motivo pra isso – disse ela. Não sabia de onde vinha toda essa coragem para enfrentar o homem, dizer o que pensava, mas não estava mais com medo.

– Não tinha motivo nenhum! – gritou o homem, tão alto que fez os ouvidos de Cassie doerem. – Não tinha!

Mais um ponto para o radar de malucos de Cassie.

Ela achou que o cara fosse bater nela ou algo assim. Chegou até a se retrair e se preparar para o impacto. Ele apenas continuou falando.

– Eu tenho uma informação sobre o seu pai, e venho tentando descobrir se é verdade ou não. Se você me ajudar, pode haver um, digamos, um final melhor pra você e o seu pai. Depende de você.

Mais uma vez, Cassie pensou que o cara queria saber sobre o Homem-Formiga, embora não estivesse muito certa disso. De uma coisa ela tinha certeza: o cara não a soltaria assim tão fácil, independente do que ela contasse para ele. Ela vira os outros atirando em Roger, então por que não atirariam nela também? Se o pai não aparecesse para salvá-la, com certeza ela seria morta. Por isso, de jeito algum contaria qualquer coisa ao homem.

– Que tipo de informação? – ela perguntou.

– Acho que sabe do que eu estou falando – ele disse.

– Não, eu não sei.

O homem respirou fundo e disse:

– Você e o seu pai parecem ser bem unidos, hein!

– É – ela disse. – E daí?

– Ele já te contou da vida secreta dele?

Sim, era sobre o Homem-Formiga mesmo. Uau, incrível como ela sempre acertava tudo sobre as pessoas. Quem sabe ela daria uma boa psicóloga no futuro. Bem, se tivesse futuro. No momento, não dava muito para contar com isso.

– Não – disse ela. – Nunca.

– Nunca reparou que tem uma coisa diferente no seu pai? Tipo, que ele consegue falar com os insetos.

– Insetos?

– É – o homem disse. – Mais especificamente, formigas.

– *Formigas*? Não sei do que você tá falando.

– Tá bom, eu vou ser mais direto – o homem disse. – O seu pai é o Homem-Formiga, não é?

– Quê? Do que você está falando?

– Ele conhece Pym, o cientista – ele disse. – Pym deu o traje pra ele.

– Não sei do que você tá falando – disse Cassie. – Meu pai é só meu pai. Peraí, é por isso que você me trouxe aqui? Por isso está fazendo isso comigo, porque você acha que... ai meu Deus, que loucura. Não acredito que isso esteja acontecendo.

Ei, até que sua atuação não era das piores. Se ela escapasse dessa enrascada, pensaria seriamente em fazer testes para uma das peças do ano seguinte na escola.

– Acho que você está mentindo – disse o homem.

Bem, talvez sua atuação não tivesse sido assim *tão* boa.

Mesmo assim, ela continuou tentando.

– Pense sobre isso – ela disse. – Se meu pai fosse o Homem-Formiga, por que o FBI teria que proteger a gente de você? Já pensou nisso? Se ele fosse um super-herói, não precisaria de proteção. Poderia se proteger sozinho, certo?

Silêncio. Cassie orgulhou-se de ter sacado esse argumento do FBI. Pareceu ter algum efeito sobre o cara – no mínimo, deixou-o intrigado.

E então ele disse:

– Você é filha dele mesmo. É teimosa que nem ele. Mas sabe de uma coisa? Eu acredito em palpites, e o meu me diz que você está me escondendo alguma coisa. Escuta aqui, tá cometendo um baita dum erro... erro que pode te custar a vida.

– Ah, para de tentar me deixar com medo – Cassie retrucou. – Já cansou. Não tenho medo de você; não tenho medo de nada... então não vai funcionar.

– É – ele disse – que nem o seu pai.

Então ela ouviu o homem sair do cômodo e bater a porta.

Cassie não fazia ideia do que esperar. Nem sabia que horas eram, se era dia ou noite. Achava que ainda era dia, porque não estava cansada nem com fome demais. Mas o que aconteceria mais tarde? Dariam comida? Onde ela ia dormir?

Nos filmes, quando as pessoas estavam amarradas a uma cadeira, apenas agitavam um pouco as mãos e em poucos segundos, pronto – estavam livres. Mas na vida real, era tudo muito mais difícil – talvez impossível. Cassie tentou mover os braços para ver se as cordas se soltavam, mas os outros homens a tinham amarrado forte demais. Ela continuou tentando; finalmente, os nós em torno de suas mãos afrouxaram um pouco.

Foi quando escutou os disparos.

Tentou convencer-se de que vinham de uma TV, que não eram reais, mas não dava para se enganar. Foram quatro disparos, talvez cinco, e ouviu também um homem gritar, ou talvez berrar – foi tudo rápido demais para assimilar. E então houve mais um tiro, e tudo ficou quieto.

O silêncio foi a parte mais assustadora. Ela queria gritar, mas teve medo demais. Com a venda ainda apertada, não dava para ver nada – o que de alguma forma tornava o silêncio ainda mais silencioso. Ocorreu-lhe, então, uma ideia terrível: e se todo mundo na casa estivesse morto? E se seu pai nunca viesse? Poderia ficar amarrada ali naquela cadeira por dias, até acabar morrendo também.

Cassie continuou se mexendo, puxando as cordas.

Por um bom tempo – ou talvez apenas tenha parecido um longo tempo – o silêncio foi absoluto. Até que ouviu passos. Alguém se aproximava do cômodo pelo corredor, e então a porta abriu-se com um rangido.

Se tivesse chegado a hora, se fosse para morrer, preferia mesmo que acontecesse rápido. Pelo menos seria melhor do que ficar amarrada a uma cadeira e morrer de fome. Acabaria em poucos segundos. Fim dos pensamentos, fim do medo. Odiava sentir medo.

Cassie escutou um clique. Nunca atirara com uma arma na vida, mas assistira a muitos programas de TV e filmes com armas, e sabia como era o clique de uma arma.

– Anda logo – ela disse. – Manda ver. Eu não ligo.

Talvez estivesse em choque, porque realmente não sentia nada. Bem, nada além de torpor. Não havia nada a fazer para evitar aquilo, nada mesmo. Nunca daria seu primeiro beijo, nunca mais veria o rosto de Tucker. Tudo ficou escuro, e ela ficaria ali no escuro para sempre.

Mas o tiro não veio. Cassie ouviu passos deixando o cômodo e sumindo corredor afora. Estava sozinha de novo.

14

SALTANDO DE CARRO EM CARRO, Scott foi seguindo pela ponte GW e ganhou a rodovia Palisades. Ele monitorava o trajeto e o tempo com a mais nova tecnologia do capacete, que meio que funcionava como o sistema de Tony Stark, com ativação por voz e imagens aparecendo em frente aos olhos. Scott meio que, bem, pegara *emprestado* a tecnologia de Tony. Mas ele não se importava: Scott e Tony viviam competindo e provocando um ao outro sobre suas mais recentes invenções. Desde que Scott se mudou para Nova York, não tinha mais muito tempo livre para brincar com tecnologia, mas sempre arranjava umas inovações. Trabalhar no traje do Homem-Formiga era um projeto interminável, que tomava muito tempo.

Scott estava bem adiantado; chegaria facilmente em Wallkill às seis horas. Era obrigatório chegar a tempo, e Cassie *tinha* que estar bem. Qualquer outra possibilidade estava fora de cogitação. Não escureceria antes das 7:30 ou 8 horas – e nem isso importava, porque ele tinha visão noturna. A única coisa que o podia limitar era o trânsito, e foi exatamente isso que ele encontrou quando se aproximava da saída I-87.

Havia um belo de um engarrafamento. Scott conseguiu ir pulando de carro em carro e fazer certo progresso. Podia mover-se rapidamente como Homem-Formiga, mas não a cinquenta quilômetros por hora. Ele pulou para as costas de um motoqueiro que dirigia pela lateral para ultrapassar os carros, mas até isso adiantou muito pouco a travessia.

Finalmente, Scott pousou em cima de um ônibus que pegou a saída. Os carros andavam bem na 87, mas o trânsito lhe custara uns bons vinte minutos. Um mapa apareceu diante de seus olhos: o GPS estimava que ele chegaria ao destino às 5:44. Essa estimativa não lhe conferia muita tranquilidade para cumprir o prazo de seis da tarde.

Scott pulou em outro ônibus que seguia para a I-84. Quando o ônibus saiu, ele tentou pular para cima de um carro, mas – talvez por estar tão preocupado com o tempo – não calculou bem o salto e pousou na beirada do porta-malas. Tentou se segurar, mas soltou a mão e caiu na rodovia. Alguns carros passaram bem por cima dele, quase o esmagando. Scott ficou de pé e pulou para cima de um carro da faixa ao lado, e retomou a viagem.

A queda custara-lhe um tempinho, mas não muito. Ele saiu em Newburgh e conseguiu cruzar boa parte do trajeto até Wallkill na caçamba de uma picape. Contudo, teve que pular fora cerca de um meio quilômetro longe do endereço quando a picape mudou de direção, e foi pousar no para-lama de outro caminhão para cobrir o restante do caminho.

Chegou às 5:47, antes do fim do prazo. De seu ponto de vista de formiga, ele focalizou a casa. Sem dúvida, não parecia nada com o local onde se esconderia um fugitivo, mas era essa a ideia. Se Dugan queria se misturar, passar despercebido como um civil normal, escolhera o lugar perfeito. Não somente ficava perto de uma prisão de alta segurança, a meio quilômetro de distância, de acordo com o GPS, mas era uma casa de campo típica da região, com uma bandeira dos Estados Unidos presa a um mastro na varanda frontal.

Embora Scott tivesse chegado a Wallkill sem chamar a atenção dos humanos, sua presença atiçou a curiosidade da comunidade local de formigas. Havia muito mais delas ali, obviamente, do que em Manhattan. Milhares delas saíram de seus ninhos e montinhos para testemunhar a chegada de Scott. Servindo-se do que ele chamava de sua telepatia de formiga, o rapaz soube que as amiguinhas ficaram muito empolgadas e curiosas ao vê-lo. Ele enviou uma mensagem telepática em resposta, informando-lhes que tinha grande respeito por todas, e que estava ali porque a filha se encontrava em perigo.

Uma formiga mais velha, líder de uma colônia local, mandou um recado. Scott sentiu que tinha o apoio das formigas.

Ele respondeu com uma mensagem cheia de sentimento: *Obrigado. Fico muito mais fortalecido sabendo que estão aqui para me dar apoio.*

Às vezes as habilidades de Scott como o Homem-Formiga eram como uma segunda natureza para ele; em outras vezes, como naquele momento, a coisa toda parecia um completo absurdo. Embora divertir-se com as possibilidades do traje fosse sempre um barato, às vezes ele não sabia se ser o Homem-Formiga valia o preço que tinha de pagar.

Scott prometera a Hank Pym que usaria seus poderes para o bem, e não para o mal, e havia salvado muitas vidas, mas havia consequências. Enquanto ajudava os outros, prejudicava a própria família. O estresse de suas responsabilidades, de manter a identidade secreta, sem dúvida foi um dos fatores que culminaram em seu divórcio, e agora, pior de tudo, era sua filha quem estava em perigo. Em momentos como esse, não era muito difícil odiar a pessoa que se tornara.

Então Scott escutou os tiros – um, depois muitos mais em rápida sucessão, lá dentro da casa. Conforme deslizou por debaixo da porta, as preocupações acerca das motivações secretas de Willie Dugan desapareceram. Sua prioridade era encontrar a filha.

Ele estava no que deveria ser uma sala de estar. Quando olhou dentro da sala de jantar adjacente, viu as pernas de um homem no chão. Ao chegar mais perto, viu uma poça de sangue; sem querer encharcar-se do líquido, saltou até a mesa de jantar para visualizar melhor o cômodo. Caído perto da porta estava Ricky Gagliardi, o cara que Scott conhecia. Havia mais dois corpos do outro lado – dois homens atingidos por tiros. Um ele não reconheceu, mas o outro ele jamais teria dificuldade de identificar. Mesmo de lado e com uma bala na cabeça.

Willie Dugan.

– Cassie! – Scott gritou. – Cassie!

Mesmo encolhido, usando o traje do Homem-Formiga, Scott podia projetar sua voz com o volume normal.

Ele saltou da mesa, passou pelo corpo de Dugan e correu pelo corredor. Escutou movimento no andar superior: passos e o rangido das tábuas de madeira. Seria Cassie lá em cima, ou o assassino?

Estava prestes a subir para investigar quando avistou uma porta no final do corredor. Focalizou-a e viu que estava trancada pelo lado de fora. Se estava trancada assim, era para prender alguém lá dentro.

Mas Scott tinha um ótimo plano B. As formigas locais o haviam seguido para dentro da casa, e ele pediu a elas que espalhassem algo para todas as formigas da área: bloqueiem a casa. As formigas se apressaram em entregar a mensagem. Scott não achava que elas teriam tempo de reunir um contingente grande o bastante para ajudar muito, mas valia a pena tentar.

Enquanto isso, Scott passou por debaixo da porta do cômodo fechado. Como esperado, lá estava Cassie. Bem no meio da sala, amarrada e vendada, presa a uma cadeira. Sacudia as mãos, tentando libertar-se.

– Cass, filhinha, você está bem?

– Pai... é você?

Ela parecia bem, mas ele rezou a Deus para que a menina não estivesse machucada. Willie Dugan tinha sorte de estar morto, ou Scott teria espancado o cara até não poder mais.

– Sou eu, sou eu. Eles te machucaram?

– Não, ninguém me machucou. Não acredito que você veio, pai. Te amo tanto.

– Também te amo, ursinha.

Scott costumava chamar Cassie de ursinha quando era bebê, quando ela ia com Peggy visitá-lo na prisão.

Ele saltou para o colo da filha, depois escalou até o queixo. A menina sacudiu a cabeça, tentando livrar-se dele como se ele fosse, bem, um inseto.

– Sou eu, Cassie. Estou no seu queixo.

– Te amo, pai – ela disse.

– Também te amo – Scott disse. – Mais do que tudo!

Ele engatinhou pela corda que prendia Cassie à cadeira e facilmente desfez os nós, libertando-a.

– Como chegou aqui tão rápido? – ela perguntou.

– Calma aí – ele disse.

Scott agarrou-se à beirada da venda. Estava presa com fita adesiva.

– Isso aqui vai doer igual Band-Aid – ele disse. – Pronta? Um, dois...

Ele saltou do queixo dela, segurando a fita, e a rasgou.

– Ai! – ela reclamou. Depois disse: – Você fez antes do três... Pai? Cadê você? *Pai*?

– Estou aqui, Cass.

– Onde?

Ele acenava para a filha do chão, onde tentava se desgrudar de um pedaço gigantesco de fita.

Ela viu o minúsculo pedaço de fita se mexendo no chão e entendeu.

– Ai meu Deus, que bizarro!

Scott finalmente se soltou.

– Beleza, fica aí.

Ele ativou os controles do traje e seu corpo retornou ao tamanho normal.

– Nossa... – Cassie ficou abismada, mas muito empolgada também. – Você vai ter que me deixar usar a roupa de novo!

– Quando você...

– Eu sei – disse ela. – Só com 21 anos.

Os dois se abraçaram. Scott não queria soltar a filha nunca mais.

– Hoje foi o dia mais assustador da minha vida – disse ele. – Nunca mais vamos passar por isso.

– Fechado – disse Cassie. Depois sussurrou: – Acho que tem mais alguém na casa.

– Eu sei – Scott disse.

– Acho que ouvi um clique de arma – Cassie sussurrou. – Alguém ia atirar em mim quando você chegou aqui.

Uau, será que ele tinha chegado assim tão na hora certa? Se tivesse sido *pontual*, encontraria a filha morta? Como Dugan e os comparsas?

– Não fale alto – disse ele. – Entre no armário. Eu já volto pra te pegar.

– Não, me leva junto – Cassie sussurrou.

– Vai ficar tudo bem, eu prometo.

Scott lhe deu um beijo no topo da cabeça para acalmá-la, do modo que fazia quando ela ia visitá-lo na prisão e ele dizia: "Vai ficar tudo bem, ursinha, prometo. O papai logo volta pra casa".

Cassie sussurrou:

– Toma cuidado, pai – e foi se esconder no armário.

Scott liberou o gás mais uma vez e voltou ao tamanho de formiga. Depois saiu do cômodo e parou no corredor, prestando atenção, analisando o cenário. Tudo estava como antes, e ele não escutava mais barulho nenhum no andar de cima. Sentia, na verdade, a presença das formigas – um monte delas – do lado de fora da casa e na área ao redor.

Foi verificar o corredor. Vazio. Estava prestes a saltar para as escadas quando escutou movimento logo atrás. Era um animal ou uma pessoa? No instante seguinte, estava esparramado no chão, feito um inseto que acabara de levar uma borrifada de repelente. Só que, ao contrário do inseto, Scott não conseguia nem agitar as perninhas. Estava totalmente imóvel.

Ele não fazia ideia do que estava acontecendo. Seu corpo parecia bem – a respiração estava normal, não sentia enjoo nem dor e pensava normalmente –, mas não podia se mover. Então escutou um zumbido esquisito vindo do capacete, e quando tentou ativar o sistema, descobriu que tinha sido desativado. Tentou reiniciar, mas nada aconteceu.

Sabia que tudo aquilo era intencional; alguém o fizera por algum motivo.

Então escutou um carro dar partida.

– Cassie! Cassie, você está bem? Cass! Cass, responde!

Poucos minutos antes ele prometera à filha que nunca mais a deixaria passar por apuros. E já estava faltando com a palavra.

– Pai?

Graças a Deus.

– Cass, estou aqui.

– Onde?

– Perto da escada.

– Não tô vendo nada.

O pé dela – o tênis colossal – pousou bem ao lado dele com um baque alto de sacudir o piso.

– Ei, cuidado – disse ele.

Scott não sabia se a paralisia que vivenciava estava afetando a estrutura extracraniana do traje, e sua força geral, mas não queria correr riscos. Preferia voltar ao tamanho natural, porém não podia mover os dedos para ativar o gás Pym. Tinha um sistema de apoio, um modo de ativar o gás pelo computador, mas isso também não ia funcionar, não com o mau funcionamento do capacete.

– Aí está você – Cassie agachou, seu enorme rosto olhando para o pai. – Por que está deitado assim que nem um inseto morto?

– Ah, eu só achei que seria bom fazer um pouquinho de ioga, esticar as costas – disse Scott, sarcástico. – Me põe na sua mão, rápido. E toma cuidado, não sei se tem outra pessoa na casa.

– Ouvi um carro saindo.

– Eu sei, também ouvi – Scott disse. – Vamos lá, me levanta.

– Como assim, você não consegue se mexer? – Cassie perguntou.

– Não – Scott respondeu. – Simplesmente faça o que eu estou te pedindo.

Usando seus dedos gigantescos, Cassie ergueu o pai do chão.

– E agora? – ela perguntou, e sem querer o soltou. – Ah, não!

Scott caiu no chão; foi como se tivesse saltado de um penhasco. O impacto sacudiu um pouco seu corpo, mas não doeu nada.

– Ai meu Deus! Você está bem, pai? – Cassie perguntou.

– Sim, mas faça o que eu disser, ok? Me coloque na palma da mão e me leve até a cozinha.

A menina obedeceu e disse, enquanto seguia pelo corredor:

– Acho que a cozinha fica pra cá.

– Não olhe para a sala de jantar! – Scott instruiu.

– Ai meu Deus, estou vendo as pernas de um cara.

– Eu disse para não olhar.

– Ele está morto?

– Deixa ele pra lá.

– Só quero sair daqui e ir pra casa – Cassie choramingou.

– Bem vinda ao clube – Scott disse.

Na cozinha, Cassie perguntou:

– O que quer que eu faça agora?

– Arranje um copo e encha de água.

– Pra quê?

– Apenas faça.

Antes que ela abrisse a torneira, Scott gritou para que esperasse. Teve receio de que ela o derrubasse por acidente no ralo. Se continuasse paralisado, ele não teria como escapar.

– Que foi? – perguntou ela.

– Me coloque no chão, e depois pegue o copo de água.

Cassie obedeceu, depois perguntou:

– E agora?– Ponha o copo perto de mim no chão, depois me jogue na água. Uma coisa importante – assim que me largar, saia correndo da cozinha e vá pro corredor. Corra como se uma bomba fosse explodir.

Cassie ergueu o pai com os dedos e o segurou em cima do copo.

– Quer mesmo que eu te solte lá dentro? – perguntou. – Você vai se afogar.

Scott não podia rejeitar totalmente essa possibilidade, mas tinha que tranquilizar a filha.

– Não se preocupe, vai dar certo. Lembre-se de fugir pra se proteger. Tá, no três. Um, dois...

Quando Cassie soltou, Scott pensou: *Você soltou antes do três*, e mergulhou ruidosamente na água – talvez não tão ruidosamente assim. Se alguém estivesse de olho no copo, teria visto que a água nem se mexeu.

Scott esperava que a água acionasse o fluxo do gás expansor Pym. No começo, não aconteceu nada. Bom, nada além dele afundar cada vez mais para o fundo do copo. Já estava ficando sem ar. Pior, instruíra Cassie a sair da cozinha, então a menina não podia salvá-lo. Ele tentou gritar por socorro, mas sua voz foi abafada pela água.

Foi quando viu umas bolhinhas na água, e num instante, *cabum!* – retornou ao tamanho normal numa explosão de estilhaços de vidro.

Scott ficou deitado de costas no chão da cozinha, aturdido e zonzo. Arquejava um pouco, grato por poder respirar. Podia se mover também, o que também era uma ótima notícia.

– Cass? – ele chamou. – Cass, você está bem?

Cassie entrou na cozinha, viu Scott no meio dos estilhaços brilhantes e disse:

– O quê... que aconteceu?

Scott deu uma avaliada rápida no sistema – tanto o capacete quanto o navegador pareciam totalmente de volta ao normal.

– Eu explico depois – Scott disse. – Anda, vamos embora.

Ele só queria tirar Cassie dali e levá-la a um local seguro. Revelaria os mistérios mais tarde.

Quando abriu a porta e olhou para fora, ficou estupefato com a massa negra.

– Uau – disse Cassie. – Tudo isso são *formigas*?

Eram sim.

Dezenas de milhares de formigas juntaram-se em torno da casa. As que estavam paradas mais perto da porta abriram caminho, como se fossem o Mar Vermelho – no caso, um Mar Preto –, dando assim espaço para que Scott e Cassie passassem. Os dois seguiram até a rua; as formigas iam mostrando o caminho.

Havia dois carros na garagem. Scott poderia ter retornado a casa e procurado pelas chaves nos bolsos de Willie Dugan e dos outros mortos, mas tinha um método mais rápido.

Ele pediu à filha que se afastasse, e então ativou o gás Pym. Encolheu, saltou para o banco do motorista e pousou abaixo da janela, depois entrou pelo buraco da chave. Destrancou a porta, deu impulso para a frente, e fez a porta abrir.

Quando Scott emergiu da porta do carro, Cassie falou:

– Você vai ter que me ensinar a fazer isso algum dia.

– Ainda não terminei – Scott disse.

Dentro do carro, o Homem-Formiga entrou na ignição e deu partida no motor. Depois voltou, saiu do carro e retornou ao tamanho normal.

Fez tudo isso em menos de vinte segundos.

– Incrível – disse a filha.

Scott sempre carregava uma muda de roupa e uns duzentos dólares em dinheiro encolhidos numa bolsinha acoplada ao traje. Ele vestiu essas roupas, calça jeans, camiseta, moletom preto e tênis. O traje do Homem-Formiga era incrível, mas foi ótimo sentir-se como humano novamente depois da experiência de quase morrer em um copo de água.

– Vamos nessa! – ele disse.

Cassie sentou-se no banco do passageiro, e os dois deixaram Wallkill, em direção à Nova York. Durante o trajeto, Scott tratou de garantir à filha que agora ela estaria a salvo, que os homens que a sequestraram estavam mortos. Contudo, ele não parava de pensar numa coisa: quem estaria por trás de tudo isso? Dessa vez, Dugan estava morto, e Scott não precisava de um exame médico para comprovar. Mas quem matou Dugan e sua equipe foi a mesma pessoa que o apagou?

– O cara que entrou na sala – ele disse à filha –, quando você tava amarrada.

– Que tem ele?

– Lembra de alguma coisa dele?

– Eu tava vendada.

– Eu sei – disse Scott. – Mas talvez haja mais alguma coisa. Você escutou alguma coisa? Sentiu algum cheiro?

– Não, mas seja lá quem for, é mau. Tipo, senti uma *vibração* muito negativa. – A menina parecia estar em pânico. – Ai meu Deus, e se ele vier atrás de mim? E se me sequestrar de novo?

– Vai ficar tudo bem agora – Scott disse. – Não tem perigo.

– Você fica falando isso – disse Cassie. – Disse que a ordem de proteção ia cuidar de mim também. Como sabe que agora não há mais perigo?

– Ei, você viu do que o Homem-Formiga é capaz – disse Scott, tentando acalmar a filha. – Você testou o traje, viu como é.

– É, mas ele não fez nada de bom por você hoje – Cassie disse.

– Ele me levou até lá – disse Scott. – Até aquela casa.

– É, e você também acabou esparramado no chão igual uma barata morta.

Touché.

– Não sei bem como isso aconteceu – disse Scott –, mas vou descobrir.

Ele tentou distrair Cassie, falando do futuro – coisas positivas. Lembrou-lhe de que logo ela estaria de volta à escola, com os amigos, e tinha as férias ainda para esperar. Ia para o acampamento em Poconos com Elly, antiga amiga dela de São Francisco.

A estratégia de distração funcionou por alguns minutos, mas depois Cassie ficou chateada de novo e disse:

– Eu podia ter morrido naquela cadeira, pai. Se você não tivesse aparecido pra me salvar, eu estaria morta a uma hora dessas.

– E se você não tivesse me colocado naquele copo de água, talvez tivesse um pai-formiga imobilizado pra sempre – Scott disse.

Na estrada, pararam numa área de descanso. Scott ligou para Peggy pelo celular que comprou para falar com Dugan.

– *Alô* – ela atendeu, ansiosa.

– O agente está aí com você? – Scott perguntou.

– *Sim* – Peggy disse. – *Por quê? Que tá acontecendo? O que houve?*

– Só queria dizer que já estou com a Cassie – Scott disse. – Ela está bem.

– *Ah, graças a Deus. Posso falar com ela?*

– Cassie, fala oi pra sua mãe.

Cassie se inclinou para perto do telefone e disse oi para a mãe.

– Oi, docinho, amo você. Você está bem? Te machucaram?

– *Estou muito bem* – disse Cassie. – *Graças ao papai.*

Scott ficou emocionado, mas manteve a compostura.

Ele disse para Peggy:

– Isto é importante. Diga ao agente que estamos voltando pra cidade, e que estamos bem. Logo estaremos de volta ao apartamento.

– *Como assim?* – perguntou Peggy. – *Onde estão?*

Scott sabia que podiam rastrear a chamada, mas não ligou. Em pouco tempo ele e a filha estariam de volta à estrada.

– A gente tá bem, isso é que importa – Scott disse. – Quando chegar na cidade, ligo pra você.

Entraram, usaram o banheiro e pegaram algo para comer. Havia policiais estaduais na fila da Pizza Hut, então Scott e Cassie escaparam para o McDonald's e compraram comida para a viagem.

Scott sabia que teriam muito a explicar aos policiais e ao FBI quando retornassem à cidade. Contar a verdade estava fora de cogitação, a não ser que ele quisesse aproveitar essa oportunidade para revelar ao mundo que era o Homem-Formiga, então precisava de uma versão dos eventos que soasse plausível. Estava confiante de que não deixara evidência alguma de sua presença na casa, mas sabia que os investigadores da cena do crime teriam dificuldade de explicar como e por que um copo de água explodiu na cozinha.

Durante o restante do trajeto, pai e filha ensaiaram a história que iam contar. Scott a fez repetir algumas vezes para certificar-se de que um não contradiria o outro.

Quando chegaram à cidade, passava um pouco das nove da noite. Cumprindo a primeira parte do plano, estacionaram o carro perto de um terreno baldio num pedaço feioso do Harlem. Scott limpou todas as digitais do carro, embora duvidasse que a polícia fosse investigar muito minuciosamente. Conhecia o trabalho de Dugan: o carro com certeza tinha sido roubado, e tivera as placas trocadas. Quando fosse encontrado, seria muito difícil conectá-lo ao bando de Willie Dugan, muito menos a Scott.

Para a parte seguinte do plano, caminharam alguns quarteirões, pegaram um táxi e seguiram para o Upper East Side.

No banco de trás do táxi, Cassie encostou a cabeça no ombro do pai e fechou os olhos. Por acaso havia no mundo sensação melhor do que ver a filha adormecendo usando seu ombro como travesseiro? Se havia, Scott ainda não tinha experimentado.

Quando chegaram perto da rua 79 com a 1ª avenida, Scott falou com o motorista.

– Aqui já está bom. – Deu uma cutucadinha em Cassie e disse: – Chegamos, filha.

Os dois saíram do carro e seguiram pela avenida.

– Estou tão cansada, pai – Cassie disse.

Scott também estava exausto. Queria que aquela fosse uma noite normal, que pudesse apenas cair na cama e pegar no sono lendo, sabendo que Cassie estava protegida no quarto. Porém, quando entraram na rua 78 e viram a imprensa, as viaturas e todos aqueles policiais perto do prédio, ele soube que a rodada seguinte de caos estava prestes a começar.

15

NA SALA DE ESTAR do apartamento de Scott, os agentes Warren e James passaram pelo menos duas horas interrogando Scott e Cassie. Ela foi examinada por paramédicos, que determinaram que ela não sofrera dano físico algum durante o sequestro, embora sugerissem uma avaliação psiquiátrica para ajudar a lidar com os efeitos da experiência. Para Scott, o interrogatório do FBI poderia ser mais traumatizante para ela do que o sequestro.

No começo foi ele quem mais falou. Em seguida Cassie teve que dar sua versão dos eventos, e depois os agentes se revezaram nas perguntas feitas a pai e filha – às vezes, as *mesmas* perguntas. A cena fez Scott recordar-se das vezes em que foi preso e interrogado pela polícia, exceto que dessa vez os interrogadores não tentavam pegá-lo na mentira. Não suspeitavam nem um pouco de que Scott e Cassie mentiam sobre algo; só queriam garantir que tinham todos os fatos redondinhos para poder fechar o caso de Willie Dugan. Cassie dera aos agentes o endereço da casa em que fora mantida presa em Wallkill, e os federais já tinham recebido a notícia de que a polícia local encontrara os três corpos lá.

– Vamos repassar tudo outra vez – Warren disse a Scott, talvez sem se dar conta de que havia usado esse “tudo outra vez” há menos de uma meia hora. – Quando você recebeu a ligação de Cassie?

– Isso é necessário mesmo? – Scott reclamou. – Minha filha está exausta, e teve um dia difícil, obviamente. E ela tem aula amanhã.

– Amanhã é sábado – informou James.

– Ah. É mesmo. – Scott tinha perdido a noção dos dias.

– Tadinho do meu pai – brincou Cassie, sorrindo. Como era bom vê-la sorrindo de novo.

– Essa é a última vez – disse James. – Prometo.

Scott respirou fundo e recomeçou:

– Cerca de 4:30 da tarde.

– Conte tudo o que aconteceu depois disso – pediu Warren –, e seja o mais detalhista possível.

James, durante todo o interrogatório, fazia anotações em um iPad.

– Não há mais nenhum detalhe – disse Scott. – Cassie me ligou dizendo que tinha conseguido escapar da casa. Eu perguntei onde ela estava, e ela disse Wallkill, Nova York, e que tinha fugido para um bar da cidade e pedido o telefone emprestado de uma mulher. Eu mandei que ela esperasse onde estava, aluguei um carro e fui pra lá. Peguei-a, e voltamos pra cidade. Não contei nada à polícia porque Cassie me disse que os homens avisaram que se aparecessem policiais por lá, ela seria morta. Na hora, eu não sabia bem o que acontecia, então fui pra lá, peguei ela e voltamos pra cidade. Ah, sim, e paramos num McDonald's, onde liguei pra minha ex-mulher, vocês podem checar isso, e pedi um McFish e um milk-shake de baunilha, e Cassie pediu sanduíche de frango, onion rings e milk-shake de baunilha também. Você disse que queria detalhes, certo?

Scott sorriu, mas os agentes do FBI não pareceram curtir o sarcasmo.

– Tem certeza de que está contando todos os detalhes relevantes? – Warren perguntou.

– Tenho, foi só isso – Scott respondeu.

Scott sabia que havia muito mais detalhes nessa história que não passariam por uma boa checagem de fatos. Por exemplo, se Scott alugou um carro, isso teria que aparecer na conta do cartão de crédito dele. E se Cassie havia ligado para ele no meio da confusão, onde estariam as provas de que ela fizera essa ligação? Ele torcia para que os federais não cavassem muito a fundo a história – que ficassem contentes por Dugan e seu bando estarem mortos, fora de circulação, e assumissem que outro associado dele o matou. Contanto que a polícia não soubesse que o Homem-Formiga tivera uma pequena participação no acontecido, Scott estava feito.

Na primeira vez que ele contou sua versão, o agente Warren deu-lhe o maior sermão por não ter contado a ninguém sobre a ligação da filha, dizendo que ele poderia ter comprometido sua segurança e a dela e blá, blá, blá. Scott se desculpou repetidamente pelo "lapso", alegando que estava em choque por causa do sequestro e agira impulsivamente. Pediu desculpas também por qualquer problema que causara à polícia ou ao FBI.

Sim, teve de engolir um sapo daqueles.

– Só tem uma coisa que eu ainda não entendo – disse Warren.

Ai, ai.

– E o que é? – Scott perguntou, já se preparando para mais um sermão.

– Carlos Torres, o agente federal, disse que você subiu para o apartamento um pouco antes de ter recebido a ligação de Cassie. Como foi que você saiu de casa sem que ele te visse?

Warren ainda não tinha perguntado isso. Scott hesitou; queria ser muito cuidadoso com as palavras.

– Não faço ideia. Eu apenas saí pela entrada da frente.

Scott não queria colocar Carlos na complicada situação de ter que explicar aos supervisores que simplesmente deixara o homem passar despercebido.

– Do jeito que você e a sua filha desaparecem, dá até pra achar que são fantasmas ou algo do tipo.

– Haha – Scott riu, nervoso. – Então, já acabamos o interrogatório?

– Não se preocupe, não vou me esquecer de avisar quando tivermos acabado – disse Warren naquele tom pomposo e controlador que ele deve ter aperfeiçoado na prática de inúmeros interrogatórios em Quantico. Ele olhou para Cassie e disse: – E você pode me contar o que te aconteceu mais uma vez?

Cassie parecia exausta, os olhinhos vermelhos de sono.

– Fala sério – protestou Scott –, isso é mesmo necessário?

– Está tudo bem, pai – Cassie disse.

Pela milésima vez, Cassie explicou a Warren e James como fora sequestrada na 1ª avenida, entre as ruas 76 e 77. Descreveu os dois sequestradores, o máximo que conseguia se lembrar deles: o grandão tinha sobrancelhas grossas; o baixinho era calvo.

– Viu o motorista do carro? – Warren perguntou.

– Não, já disse. Foi tudo muito rápido.

– Tá bom – Warren disse. – Prossiga.

Cassie explicou que foi amarrada e amordaçada no carro, que trocaram de veículos algumas vezes, e que foi levada a uma casa na periferia. Recontou a anedota da história do Sherlock Holmes que lera na escola e disse que não sabia onde estava, mas achava que estava a algumas horas de Manhattan. Descreveu que ficara amordaçada, e que outro homem veio falar com ela. Essa foi a parte da história que ela ensaiou com Scott enquanto voltavam, mais cedo, para a cidade. O pai dissera que ela podia mencionar um terceiro homem que viera conversar com ela, mas que não podia revelar nada do questionamento acerca do Homem-Formiga. Como no relato anterior, a menina não mencionou nada que não devia.

Finalmente, Cassie contou aos agentes que escutara tiros na casa, e como ficara aterrorizada. Estava ficando visivelmente perturbada: tremia, a voz falhava conforme ela falava.

Irritado por ver a filha ser forçada a recontar a história pela terceira ou quarta vez, Scott interveio:

– Não tem por que fazer a menina contar tudo de novo. Qual é?

– Ele tem razão – disse James.

– Tá bom, certo – Warren concordou, relutante. – E tinha mais alguém na casa?

– Eu já disse, só sei de três caras.

– Mas você disse que escutou alguém saindo. De carro.

– Eu ouvi o carro, só isso.

– Tem algum cheiro em particular que você lembre?

– A casa cheirava a comida mexicana – respondeu Cassie.

– Digo o cheiro de uma pessoa.

– Como eu disse, lembro do cheiro de dois deles. Um usava um perfume forte. O outro tinha cheiro de suor, como se tivesse acabado de chegar da academia.

Scott ficou escutando, orgulhoso de Cassie por responder às perguntas exatamente do jeito que ele a instruíra a fazer, apesar de cansada e agitada. Ele pedira para que não mencionasse nada sobre o quarto homem que estivera na casa, já que nem mesmo ele entendia muito bem o que lhe tinha acontecido – como fora temporariamente paralisado, e por qual motivo. Ainda não acreditava que fora apenas coincidência. Dugan, os outros dois homens mortos e talvez mais uma pessoa o atraíram para a casa com a suspeita de que ele era o Homem-Formiga. Deve ter havido uma discussão antes de ele chegar; em todo caso, os três homens foram assassinados, talvez pelo mesmo homem que o paralisara. Ou o quarto cara chegou depois e não teve nada a ver com as mortes.

Scott não fazia ideia do que o assassino, ou assassinos, queria dele, nem por qual razão o paralisara. Mas se aquilo envolvia a tecnologia do Homem-Formiga, ele tinha que descobrir o motivo antes que os federais o fizessem. Scott sabia que podia ser tudo paranoia dele, que esses eventos estranhos não tinham nada a ver com o Homem-Formiga, mas sua preocupação tinha fundamento. Já haviam tentado roubar sua tecnologia no passado; nas mãos erradas, ela poderia tornar-se uma perigosa arma. E se um traficante dos grandes pusesse as mãos nela? E se o líder de um grupo terrorista criasse um exército de soldados-formiga? As possibilidades eram quase infinitas.

Já havia repórteres amontoados em frente ao apartamento, e o sequestro, bem como a dramática escapada de Cassie, eram as notícias mais quentes da cidade, talvez até do país. Se os federais descobrissem que o Homem-Formiga estava envolvido, e fosse revelado que ele era Scott Lang, a imprensa faria um circo ainda maior, gerando mais perturbação na vida de Scott e Cassie.

Finalmente satisfeitos com as informações coletadas, Warren e James se despediram e deixaram pai e filha sozinhos.

Mas o drama não havia acabado. Scott sabia que no dia seguinte haveria mais interrogatórios por parte dos federais, e talvez da polícia civil, conforme mais dados sobre o caso saíssem e a busca pelo assassino, ou assassinos, de Dugan progredisse. Pior ainda, haveria um assédio incomensurável da imprensa em cima do caso. Os repórteres que acampavam em frente ao prédio ainda não tinham conseguido chegar perto de Scott e Cassie.

Dito isso, após todo o drama e loucura do dia, foi muito bom ficar sozinho com Cassie no apartamento.

– E aí, menti direito por você?

Apague o que eu disse. Cassie parecia irritada e amargurada.

Scott ficou escutando por um segundo para certificar-se de que os agentes saíram, depois disse:

– Ah, vai, não pense nisso como uma mentira.

– Ah, é? Então, você chama isso de quê?

Scott hesitou, depois rebateu:

– Não ser exatamente acessível.

– Essa é a sua lógica – disse Cassie. – É assim mesmo que você pensa. Quando roubava, você não dizia: "Não tô roubando, na verdade, porque roubo de pessoas más, ou de pessoas que merecem", ou sei lá o que você pensava pra se sentir melhor?

– Tá bom, Cassie, você está cansada. Eu entendo, mas vai ter que parar com isso agora e...

– Seus segredos quase me mataram hoje – Cassie disse.

– O quê? – Scott disse. – Isso não faz o menor sen...

– O único motivo pra gente ter que ser protegido era aquele cara maluco, o Willie Dugan, que tava atrás de você. E por que ele tava atrás de você? Por causa do outro segredo que eu e a mamãe guardamos pra você, e eu não aguento mais, não aguento. Sempre tem outro segredo, e outro e mais outro. Com você, não tem fim. Tem sempre alguma coisa nova que eu não posso fazer, ou que não posso contar pra ninguém. Por que é tudo sempre em torno de você e dos seus segredos? E eu? Quando é que eu vou poder viver?

Scott sabia que isso não era apenas melodrama adolescente. Ele tinha dado mancada enquanto marido e enquanto pai, e a menina tinha o direito de ficar chateada com ele.

– Tá certo, ursinha – disse ele. – E eu estou tentando me ajeitar, deixar tudo mais estável pra você.

– Não me chame de ursinha! – Cassie ergueu a voz. – Acha que isso aqui é estável? Eu fui sequestrada hoje, interrogada pelo FBI. Todas as pessoas no mundo, nem só na escola, agora me conhecem. Faz ideia de como eu estou com vergonha? Me sentindo *humilhada*?

Scott quase lembrou a filha de que ter roubado o traje do Homem-Formiga também causara bastante "instabilidade" na vida dela. Contudo, conteve-se sabendo que o argumento não funcionaria visto que o traje era dele.

– Estou tentando mudar as coisas por você – disse. – Estou tentando mesmo.

Cassie fitou o pai por um tempo, depois foi para o quarto e trancou a porta.

Como era de se esperar a história do sequestro em Upper East Side e a escapada dramática de Cassie Lang de seu cativeiro em Wallkill, Nova York – onde os corpos de três homens, inclusive um dos fugitivos mais procurados do país, foram descobertos – era a manchete principal em todos os noticiários importantes. Havia também relatos de que o homem morto na Louisiana havia sido identificado como Lawrence Mulligan, o juiz aposentado de Nova York que presidira o julgamento de Dugan.

– Belo trabalho de investigação – disse Scott, irônico. – Palmas para o FBI.

Deitado na cama, no escuro, ele assistiu mais duas reportagens. Depois passou para a CNN querendo ver uma cobertura mais extensa, onde viu imagens repetidas do local – e do pessoal da polícia, equipes de reportagem e curiosos em frente ao seu prédio. Seu apartamento dava para os fundos, por isso ele não conseguia ver a rua no momento; apenas ouvir a comoção.

Adormeceu com a TV ligada. Pela manhã, a cobertura do sequestro ainda era o destaque dos noticiários. O Nova York 1, canal de notícias local, mostrava imagens ao vivo da fachada do prédio de Scott. Ele teve a impressão de que havia mais repórteres do que na noite anterior. Aquilo era pior do que a ordem de proteção – agora haviam se tornado prisioneiros.

Como se sentisse a deixa, chegou uma mensagem de Tony Stark:

Muito bem, meu chapa

Scott sentiu todo o sarcasmo que vazava da mensagem. Escreveu de volta:

Ainda não acabou

Tony devolveu:

Sério, que bom que Cassie tá bem. Se precisar de alguma coisa, tô sempre aqui. Sabe disso.

Scott respondeu:

Obrigado, cara! Agradeço!

Não houve sarcasmo da parte de Scott. Dava-lhe uma sensação imensa de segurança saber que mesmo que as coisas ficassem péssimas em sua vida, ele nunca estava sozinho; seus amigos estavam sempre por perto.

Por volta das onze da manhã, recebeu uma ligação no telefone fixo de um número bloqueado.

– Alô?

– Espero que tenha descansado. Aqui é o agente Warren.

– Que houve? – Scott perguntou.

– Vai ficar feliz em saber que a ordem de proteção foi revogada – ele disse – *É um homem livre.*

– Então pegaram o assassino da casa? – Scott perguntou, imaginando por que ainda não ouvira nada no noticiário.

– Não, a investigação prossegue. Mas a ordem de proteção se referia à ameaça de William Dugan, e essa ameaça foi eliminada.

– Peraí, não tô acompanhando. Tem um assassino à solta, uma pessoa que viu a minha filha, pode ter participado do sequestro e pode ter receio de que ela a identifique. E você está me dizendo que a ameaça foi *eliminada*?

Claro que Scott não mencionou que o assassino provavelmente o vira também – e pior, sabia que ele era o Homem-Formiga.

– Sim, a situação é essa mesmo – disse Warren. *– Mas fico surpreso de você achar ruim, do jeito que estava ambivalente no começo.*

– Eu *não* estou surpreso – disse Scott. – A intenção nunca foi proteger a mim e a minha família. Foi tudo por causa de vocês, do FBI.

– Desculpa, mas um dos nossos levou um tiro tentando proteger a sua família.

– Não, ele levou um tiro tentando proteger seu emprego. Você ficou cabreiro quando o Dugan pegou aqueles caras no seu turno, e não queria que acontecesse de novo.

– Então o que você tá dizendo? Que quer proteção, agora?

Scott não sabia muito bem o que queria do FBI agora.

– Só quero que minha filha tenha segurança. Como é que ela vai pra escola? Como vai pra qualquer lugar desse jeito?

– No momento, não temos motivo nenhum pra achar que você ou a sua família estão em perigo. Se a situação mudar, informaremos imediatamente. Mas até onde sabemos, as mortes na casa foram um incidente isolado que não tem nada a ver com você e a sua família. Infelizmente, não podemos gastar os recursos do governo com suposições. Só agimos diante de fatos.

Scott compreendeu que mesmo que o FBI continuasse protegendo Cassie, talvez não fosse adiantar. Afinal, aquelas pessoas foram ousadas o bastante para sequestrá-la em plena luz do dia e atirar num agente federal. Se alguém quisesse vir atrás dela, colocar outro oficial para tomar conta não necessariamente garantiria sua segurança.

– Eu entendo a situação. Obrigado por tudo – disse Scott.

Ele passou o resto da manhã em seu pequeno apartamento, sentindo algo que não sentia há anos: um prisioneiro, como fora em Rykers

Island. Aquela havia sido a época mais negra de sua vida. Ficar enfurnado num apartamento no Upper East Side não era exatamente como o pesadelo do dia a dia na prisão, mas ele odiava a sensação de estar preso, restringido. Desde que saíra da cadeia, tinha pesadelos recorrentes de estar amarrado ou confinado em lugares apertados. Uma das coisas que mais gostava em ser o Homem-Formiga era que jamais poderiam prendê-lo. Era como se a fantasia do criminoso tivesse virado realidade: praticamente não havia nenhum espaço que pudesse contê-lo.

Mas naquele momento, o Homem-Formiga não era uma opção. Embora Scott pudesse facilmente encolher e passar pelos caras lá de fora, não podia ir a lugar algum sem Cassie. Não podia deixá-la em casa sozinha, desprotegida, com um possível assassino na cola dela. E se saísse do prédio junto com ela, seriam atacados pelos repórteres.

A TV repetia os mesmos relatos sobre o sequestro e os assassinatos, mas ninguém mencionava novidades sobre a busca ao assassino. O que não significava nada, claro. Mesmo se os policiais estivessem focados em algum suspeito, a informação não seria publicada ainda. Scott receava que, caso os policiais capturassem o assassino, este revelaria a identidade do Homem-Formiga. O problema maior era, na verdade, o que *mais* o assassino revelaria. E se houvesse outro motivo para o sequestro? Scott pensou de novo na possibilidade do assassino estar querendo colocar as mãos na tecnologia do Homem-Formiga. De todo modo, era preciso encontrar esse assassino antes da polícia.

Ao meio-dia, Cassie ainda estava dormindo. Coisa boa – Scott estava contente por ela estar descansando bastante. Ele concluiu que esse seria um bom momento para acalmar a situação com os repórteres.

Ao aproximar-se do saguão de entrada, foi surpreendido pela quantidade de pessoas lá fora. Parecia haver dezenas de repórteres. Quando foi avistado, a multidão começou a chamar seu nome.

– Ei – George, o zelador, abordou Scott por trás, assustando-o. Talvez Scott estivesse sofrendo de estresse pós-traumático após ter sido surpreendido pelas costas no dia anterior.

– Que loucura, né? – Scott disse.

– Talvez você devesse sair de férias – disse George. – Isso aí não é nada bom pros vizinhos.

Mandar Cassie passar um tempo fora, talvez no Oregon, com Peggy, não seria má ideia se a menina tivesse a segurança garantida. Mas com o fim da ordem de proteção, Scott não queria correr o risco. E não pretendia ir a lugar algum enquanto não descobrisse o que exatamente acontecera com ele naquela casa.

– Desculpe por tudo isso – disse ele. – Com certeza vai acabar logo.

– Não está acabando, está piorando – George disse. – Essa é uma violação do estatuto. Vou ter que relatar para a administradora. Se não fizer alguma coisa, der um jeito, vai ser despejado.

O rosto raivoso de George brilhava, ruborizado, as veias visíveis na testa. Ele voltou para seu apartamento e bateu a porta.

Scott sabia que não seria assim tão fácil despejá-lo, mas a possibilidade não era tão remota. Graças a Willie Dugan, sua filha tinha sido sequestrada, seu emprego estava em risco e talvez ele fosse obrigado a achar outro lugar para morar. Scott não estava mesmo se saindo muito bem ao prover estabilidade para Cassie.

Farto, ele abriu a porta do prédio. Os repórteres avançaram, erguendo microfones, gritando o nome dele e fazendo perguntas. Diversas câmeras de TV apontavam para o rapaz.

– Tá, calma – disse ele. – Todo mundo, calma. Vou fazer uma declaração, e apenas uma.

A multidão silenciou.

– Estou contente e aliviado por minha filha estar a salvo, em casa. Eu e minha família temos passado por um momento extremamente difícil e cansativo; peço a vocês que, por favor, respeitem a nossa privacidade. Obrigado.

Os repórteres gritavam perguntas conforme Scott retornava para dentro do prédio. Ele não acreditava que essa declaração breve e rasa deteria a mídia por muito tempo, mas valia a pena tentar.

Quando voltou ao apartamento, Cassie estava acordada, sentada à mesa, comendo cereal numa tijelinha e fitando o celular. Após o inferno do dia anterior, foi ótimo vê-la retomando a rotina matinal de costume.

Scott foi até ela, beijou-lhe no topo da cabeça, do jeito que fazia desde que ela era bebê, e disse:

– Bom dia, docinho. Dormiu bem?

– Bem – ela disse. – Tive uns pesadelos.

– Você podia ir falar com aquele psiquiatra que sugeriram – Scott disse. – Vou marcar uma consulta pra você.

– Tanto faz – ela disse. – Eu sobrevivo.

A menina deu as últimas rápidas colheradas no cereal, levantou-se e disse:

– Preciso me aprontar.

– Aprontar? – Scott perguntou.

– É, ué – ela disse. – Vou sair. Você disse que eu podia comprar um celular novo hoje, não foi?

Tinham conversado sobre o celular no carro, a caminho da cidade.

– Acho que sair é algo impossível nesse momento – disse Scott.

– Como assim? – Cassie perguntou – Por quê?

Ele explicou a situação com os repórteres lá fora.

– E daí? – disse a menina. – Isso não significa que tenho que ficar aqui dentro o dia todo.

– Não é boa ideia sair e lidar com aquilo tudo. Principalmente depois do que você passou ontem. A gente podia ficar aqui hoje, e quem sabe à noite tenha menos gente lá fora.

– Isso é um absurdo – disse ela. – Eu estou ótima, e quero ver meu namorado.

– Desculpa, o seu *o quê*?

– O nome dele é Tucker – ela disse.

– Ah, sim, Tucker McKenzie, como eu pude esquecer? Mas desde quando ele é seu namorado? – Scott perguntou-se: *Será que Peggy sabe disso*? – E eu tava achando que não tinha mais essa de namorar.

– Hã? – Cassie se fez de perdida. – Não entendi.

– Ah, não, é verdade. Você disse que não rolam mais os *encontros*. Pelo visto, namorar é outra coisa.

– É, totalmente diferente – ela disse.

– Quando isso aconteceu? – Scott perguntou. – O Roger estava seguindo você o tempo todo. Confie em mim, sei como é. – Scott lembrou-se do café que tomou com Jennifer.

– Que diferença isso faz? – disse Cassie. – Aconteceu, e ele quer me encontrar na Sixteen Handles mais tarde. – Sixteen Handles era uma lojinha de frozen yogurt.

– Pra começar, eu preciso conhecer esse Tucker McKenzie, ou qualquer menino com quem você sair – Scott disse. – Segundo, eu já disse, hoje não é uma boa sair. E é bem possível que você não possa ir a lugar nenhum sozinha por um tempo.

– Como assim? Por que não?

Scott explicou que a ordem de proteção fora revogada, mas até onde ele sabia, não era seguro para Cassie ficar sozinha com um assassino à solta.

– Mas o FBI acha que está tudo bem – ponderou Cassie –, ou eles continuariam me protegendo, não é?

– Não necessariamente – Scott disse.

– O que você quer dizer? Agora você acha que sabe mais do que o FBI?

– Ei, mocinha, cuidado – ele disse.

– Eu acho que é só porque você não quer que eu saia com o Tucker – ela disse. – Não tem nada a ver com a minha segurança. Se você quisesse me ver segura, estaria você mesmo me protegendo ontem em vez de deixar isso pro FBI fazer.

– Eu te salvei – ele disse.

– É, e eu não precisaria ser salva se você não fosse o Homem-Formiga, se fosse só um pai normal – ela disse. – É tudo culpa sua, é sempre culpa sua, e sou sempre eu que sou punida.

– Cassie, deixa disso – Scott disse. – Sei que você está chateada, mas...

– Te odeio! – ela disse – Odeio *isso tudo*!

A menina marchou para o quarto e bateu a porta. Depois de George, essa bateção de portas parecia estar começando a virar moda na vida de Scott.

Scott ficou muito bravo consigo mesmo por brigar com a filha, por perder o controle. Às vezes ele achava que estava fadado a cometer os mesmos erros repetidamente.

O interfone tocou; tinha alguém no saguão de entrada. Scott ignorou o chamado, imaginando que fosse um repórter tentando fazê-lo descer. Mais toques. Após alguns minutos disso, tocou o celular. Um número restrito.

– Alô? – Scott atendeu.

– Oi, é o Carlos.

– Oi – Scott disse.

– Por que não está atendendo o interfone?

– Pensei que fosse um repórter.

– Deixa eu subir – Carlos disse. – É urgente.

16

SENTADO DE FRENTE PARA CARLOS na mesa de jantar, Scott olhava para o iPad do agente. Na tela havia uma imagem extraída de uma câmera de segurança, de Scott e a mulher com quem havia tomado café, tirada quando os dois caminhavam juntos pela 1ª avenida.

– O nome dela não é Jennifer – disse Carlos. – É Monica. Monica Rappaccini. Eu a investiguei, movido apenas por palpite. Sabe alguma coisa a respeito dela?

– Só o que ela me disse no café – Scott disse. – Mudou-se pra cá de Hoboken, tem uma filha.

– Tudo mentira – Carlos disse. – A ficha dela é longa, e já se associou á diversas organizações criminosas, inclusive a Hidra e a I.M.A.

O primeiro pensamento de Scott foi: *Uma ex-criminosa, por isso que me apaixonei*. Ex-criminosos sempre conseguiam se encontrar, assim como os alcoólatras. Mas ele sabia que as associações criminosas dessa mulher tinham implicações muito mais sérias.

– Não fazia ideia de quem ela era – disse ele. – Por que quis investigá-la?

– Achei suspeito ela aparecer tão perto do dia em que a sua filha foi sequestrada. O reconhecimento facial bateu direitinho. – Carlos estendeu a mão e foi passando mais fotos de Scott e Monica, depois algumas só dela, de rosto.

Na cabeça dele, uma montagem do encontro com Monica no café foi sendo exibida, como um filme, inclusive todas as perguntas sobre as formigas. Isso seria prova de que ela estava trabalhando com Dugan e que talvez tivesse matado ele e os outros?

– Bem, isso é muito esquisito – disse Scott. – Mas o que tem a ver comigo?

– Eu esperava que você me dissesse – Carlos disse.

Este não era o Carlos gente boa, o federal que convidara Scott para dar um passeio no Bronx qualquer dia desses. Era o Carlos durão, que queria respostas de Scott, não perguntas.

– Bom, isso mostra que eu tenho um faro péssimo pra mulheres – Scott disse.

Sorriu, mas Carlos não viu graça.

– Me conta a verdade, amigo – disse ele. – Não estou de brincadeira. Eu já me lasquei por ter deixado você sair do apartamento e ir para aquela casa. Ainda não sei como você fez isso. O que você é, algum tipo de Houdini?

Scott abriu um sorriso malicioso.

– É sério – disse Carlos. – Sabia dos antecedentes dessa mulher?

– Claro que não sabia – Scott disse. – Pensei que o nome dela fosse Jennifer. Isso é tudo novidade pra mim.

– Não faz a menor ideia de por que ela te deu um nome falso?

– Não – disse Scott, mas tinha um palpite. Talvez Jennifer, ou Monica, tenha lhe dado um nome falso porque estava tentando descobrir se ele era o Homem-Formiga, para poder atraí-lo para a casa. Talvez tenha sido ela quem matou Dugan e o apagou.

Mas se fosse verdade, qual seria o motivo dela?

– É meio coincidência – Carlos retomou – ela ter te abordado com nome falso poucos dias antes da sua filha ser sequestrada.

– Eu acho que coincidências acontecem – Scott disse.

– Mas são raras – Carlos retrucou. – Acha possível essa Monica Rappaccini ter alguma coisa a ver com o sequestro de Cassie?

– Sei lá – disse Scott.

Carlos o fitava, como se tentasse descobrir se ele mentia. Scott tentou manter a expressão serena, inocente, mas não ajudava nada o fato de ele *estar mesmo* mentindo. Bom, mentindo em parte.

– Monica Rappaccini é perigosa – disse Carlos. – Trabalha sozinha, não é leal a ninguém, trabalha com quem estiver disposto a pagar mais. É cientista, mas acreditamos que agia como ladra, contrabandista e até assassina. Basicamente, se a pessoa estiver disposta a pagar bem por qualquer serviço, ela topa.

Scott lembrou-se de quão envolvido ficara por ela, chegara até a pensar que pudesse ser a mulher de sua vida.

– Uma bela duma atriz, também – disse.

– Sabe se ela tinha alguma conexão com Willie Dugan? – Carlos perguntou.

– Peraí. – Scott olhou sério para Carlos, começando a se irritar. – Tem certeza de que vai me perguntar isso?

Carlos não disse nada, ou seja: sim.

Scott pôs-se a sussurrar, para que Cassie não ouvisse nada no quarto ao lado.

– A minha filha foi sequestrada ontem. Se eu soubesse que essa mulher tinha alguma conexão com Willie Dugan, acha mesmo que eu teria me sentado pra tomar café com ela e não teria te contado nada?

– Eu não sei o que você faria ou não faria – Carlos disse. Só sei que já foi criminoso, e era amigo de Willie Dugan.

– Amigo, não – Scott protestou. – Eu só trabalhava com o cara. E o que isso significa?

Scott não podia acreditar que estava começando a gostar desse cara.

– Ela pode ter te encontrado pra mandar uma mensagem do Dugan, algo que você não queria que eu soubesse.

– E eu faria isso sabendo que colocaria minha filha em perigo?

– Talvez você não soubesse dessa parte. Podem ter te feito uma oferta, e você a recusou.

– Pensa um pouco no que está falando, só um pouquinho – disse Scott. – Por que eu faria isso?

– Então não sabia nada mesmo do passado dela?

– Eu nem sabia o nome verdadeiro dela antes de você entrar aqui e me contar.

Carlos balançou a cabeça, depois se levantou e ficou andando a esmo pela sala.

– Eu não sei no que acreditar – disse. Sua voz saiu mais fraca, como se ele começasse a perder a convicção, como se percebesse que sua teoria conspiratória envolvendo Scott não fazia o menor sentido.

Foi então que Scott entendeu o que realmente estava acontecendo ali.

– Peraí, agora eu saquei – disse. – Entendi por que você está tão incomodado, me acusando de trabalhar com Dugan, e por que veio aqui sozinho. Por que Warren e James não vieram também, já que você veio me interrogar? Você veio sozinho porque já estava em maus lençóis por eu ter saído sem ser visto do apartamento. Se seus chefes descobrirem que você deixou uma criminosa conhecida se aproximar de mim na rua durante o seu turno, isso vai te custar seu emprego. Então você vem até aqui e me joga essa ladainha, me acusa de trabalhar com a mulher, na esperança de voltar pros seus chefes com essa bomba, dizendo que descobriu uma espécie de conspiração. Mas é tudo bobagem, nem mesmo você acredita no que está dizendo.

Carlos parou de andar e disse:

– Tá, olha. Você está certo, amigo. É o meu que tá na reta. Você precisa ser sincero comigo. Sobre o que conversaram naquele café?

Lembrando-se da conversa, focada principalmente nas formigas, Scott disse:

– Nada de mais. Só, hã, batemos papo.

– Bateram papo, mas sobre o quê?

– Trabalho. Ela me disse que é fotógrafa e que morava em Hoboken, mas que tava de mudança pro Upper East Side.

– Que mais?

– Falamos das nossas filhas. Ela disse que tem uma filha adolescente... espera, ela me perguntou em qual escola a Cassie estuda e disse que a filha dela também estuda lá. Se ela tava mesmo trabalhando com o Dugan, talvez tenha sido assim que ela soube onde esperar pra pegar a Cassie na saída da aula.

– Então você acha que Monica Rappaccini estava no carro junto com os sequestradores? – Carlos perguntou.

– Sei lá – disse Scott. – A Cassie não viu nenhuma mulher, mas ela podia estar dirigindo. A Cassie não conseguiu ver quem dirigia.

Carlos olhou sério para Scott e disse:

– Está me escondendo alguma coisa, amigo? É melhor me contar agora. Se essas pessoas sequestraram a sua filha, sabe-se lá o que vão tentar fazer em seguida.

– Do que vocês tão falando? – Cassie perguntou.

A menina entrara na sala sem Scott perceber.

– Nada, não, docinho – disse ele.

– Ele disse que alguém vai tentar me sequestrar de novo – insistiu a menina.

– Isso não é verdade – disse Scott.

– Mas foi isso o que ele falou. Quero saber o que está acontecendo. Tenho direito de saber o que está acontecendo.

Cassie começava a perder o controle. Tremia, pânico nos olhos.

– Tá, fica calma – disse Scott.

Desse ponto em diante as coisas foram de mau a pior, com Cassie gritando e chorando.

Num dado momento, Carlos disse:

– Vou esperar no corredor.

Finalmente Scott pôde tranquilizar a filha, convencendo-a de que ela não estava correndo perigo imediato algum. A menina voltou para o quarto.

Scott saiu para o corredor e sussurrou para Carlos.

– Olha, eu respondi tudo que você me perguntou. A ordem de proteção já era, então oficialmente você não tem motivo nenhum pra estar aqui.

– Desculpe a sua filha ter ouvido aquilo – disse Carlos. – Sei que você não tinha nada a ver com Dugan, e que não sabia quem era aquela mulher. Você é um cara legal, que ama a filha. Mas eu sei também que tem uma coisa que você não está me contando.

– Se eu soubesse de alguma coisa, contaria pra você. – Scott torceu para parecer bem sincero e convincente. Ele continuou, sussurrando: – Olha, talvez tenha sido *mesmo* tudo coincidência. Tá, ela mentiu com relação ao nome, e acabou que ela tem todo esse passado, mas isso significa que ela tem alguma coisa a ver com Dugan? Ela pode ter mentido porque tava tomando um café comigo e não quis revelar coisas dela. Não seria a primeira vez que uma mulher mente pra mim num encontro. Uma vez uma me disse que era solteira, e no dia seguinte eu a vi no parque com o marido e os filhos. – Scott sabia que estava exagerando na analogia, mas prosseguiu: – Com certeza foi só isso. Sei que você está paranoico, achando que tem alguma coisa maior rolando, e que vai vir pra cima de você. Quer saber? Se essa Monica entrar em contato comigo, você vai ser o primeiro a saber. Só que eu não acho que isso vá acontecer. Pra mim, eu conheci uma mulher, ela me deu um fora, e agora eu nunca mais vou ouvir falar dela. E também não seria a primeira vez que acontece isso.

Carlos não riu, sequer sorriu, mas Scott não esperava que o fizesse. Carlos tinha de aceitar a situação – não tinha escolha.

– Tá bom – disse ele. – Eu agradeço. Vamos manter contato, amigo. E não se preocupe que não venho mais aqui sem ser convidado. Prometo.

De volta ao seu apartamento, Scott sentiu alívio, mas sabia que teria de encontrar Monica Rappaccini antes que Carlos, ou alguém do FBI, a encontrasse. Do contrário, a identidade do Homem-Formiga seria revelada, e a tecnologia poderia acabar vendida para quem desse o maior lance. Embora Scott não tivesse certeza de que fora Monica quem o apagara na casa, tudo apontava para ela.

Só para não dizer que não tentara, Scott entrou na internet em seu iPad e pesquisou “Monica Rappaccini” e “criminosa” no Google. Não encontrou nada de útil. Mas quando digitou apenas Monica Rappaccini no Google Imagens, diversas fotos dela apareceram. Uma num encontro de colégio na Califórnia, tirada alguns anos antes; outra era uma foto dela com várias mulheres na praia; outras duas pareciam ter sido tiradas num casamento. Não havia nada nessas fotos que indicasse que a moça levava vida dupla. Parecia tão direita nas fotos que Scott poderia achar até que Carlos se enganara, que ela não nunca havia se envolvido com a Hidra e a I.M.A. – se ela não tivesse contado aquela história toda de fotografia e Hoboken no outro dia. Scott não precisava de provas para saber que Monica Rappaccini era uma trambiqueira mentirosa – vira as evidências com os próprios olhos.

Ele ligou a TV, depois foi checar Cassie, mas a porta estava trancada.

– Cassie, abra a porta. Quero falar com você.

A menina não respondeu.

Ele bateu com força mais algumas vezes e disse:

– Cassie, fala comigo, tá tudo bem?

Continuou sem resposta. Ele começou a ficar preocupado. Não achava que ela poderia machucar a si mesma, mas por outro lado, nunca a vira tão perturbada e traumatizada.

Bateu de novo. Nada de resposta. Estava prestes a encolher quando algo na televisão chamou sua atenção. Não tinha nada a ver com Willie Dugan. Pensando bem, talvez tivesse.

Imagens em close de arbustos cheios de formigas mortas, penduradas de cabeça para baixo nas folhas. A âncora, em tom jocoso, explicava que milhares de formigas tinham morrido na região norte de Nova York no que parecia um suicídio em massa. Apareceu uma imagem ainda mais ampliada das formigas mortas enquanto a âncora dizia que os cientistas "não sabem o que está causando os suicídios de formigas, mas acreditam que o fenômeno esteja relacionado ao suposto fungo zumbi que geralmente ataca formigas na América do Sul". Ela brincou com o âncora ao lado, dizendo que torcia para que "as formigas não fossem atacadas por fungos vampiros na próxima vez", e depois passou para a notícia seguinte.

Scott compadeceu-se pelas formigas – todas aquelas vidas perdidas – e ficou com raiva dos jornalistas por não levarem o fato a sério.

Cassie saiu do quarto, notando logo como o pai estava irritado.

– Pai, que foi? Que houve?

Scott, perturbado, não disse nada.

17

SCOTT TROCAVA DE CANAL FRENETICAMENTE, tentando encontrar mais informações sobre as formigas-zumbis. Mas não encontrava nada.

– O quê você está procurando? – Cassie perguntou. – O que há de errado? Alguma coisa ruim? Você está me assustando.

– É uma coisa ruim, sim – Scott disse. – Muito, muito ruim.

No iPad, Scott encontrou algumas notícias, muito similares ao que vira na TV, relatando as estranhas mortes de formigas na região norte de Nova York. Depois, em outro site de notícias, encontrou o que esperava encontrar: as formigas estavam morrendo principalmente em Wallkill, Nova York.

– Eu sabia – ele disse.

– Sabia o quê? – Cassie perguntou.

Scott analisou o artigo mais uma vez enquanto a filha lia por cima de seu ombro. Não havia conexão alguma entre as histórias das formigas mortas e o assassinato de Willie Dugan e seu bando. A única conexão – bem, a única conexão óbvia, pelo menos – era o fato de que os dois eventos ocorreram em Wallkill.

– Peraí, já entendi – disse a menina. – Isso tem alguma coisa a ver com todas aquelas formigas que estavam perto da casa quando a gente saiu?

Garota esperta.

– Talvez tenha – disse Scott.

Scott havia convocado todas aquelas formigas até a casa – talvez tenham sido afetadas por algo que acontecera nos arredores. Scott lembrou-se do instante em que foi apagado e caiu de costas feito um inseto morto. Será que o que o fizera apagar também afetara as formigas?

– Mas só porque elas estavam lá, por que estão cometendo suicídio agora? – Cassie perguntou.

– Não é bem suicídio – disse Scott. – Elas não podem evitar. Já ouvi falar das formigas-zumbis. Um fungo cresce dentro dos cérebros delas, e faz com que procurem lugares úmidos pra morrer. Esse fungo é o pior inimigo natural das formigas. Por isso que recebeu esse nome, zumbi. Porque suga a vida delas.

– Então morreu um monte de formigas – disse Cassie. – Eu entendo você ficar chateado por elas, mas qual o problema?

– As formigas são os insetos mais importantes do ecossistema de todo o planeta. Se todos os humanos fossem retirados da Terra, seria melhor ainda para o planeta. Mas se todas as formigas fossem removidas, haveria extinções em massa e caos. Sabe esses romances de distopia que você adora ler? Seria tipo isso, só que pior. Muito pior.

– Então é isso que você acha que está acontecendo?

– Honestamente, não tenho certeza, Cass. Só sei que, seja lá o que está acontecendo, está acontecendo rápido. Geralmente, seria preciso dias, talvez semanas para o fungo chegar ao ponto de causar morte em massa. Então aconteceu alguma coisa, algo que acelerou o crescimento do fungo ou está fazendo ele se espalhar.

Scott falava para Cassie, mas também para si mesmo, como se pensasse em voz alta.

Então Cassie perguntou:

– Mas se isso é um fungo, de onde veio?

– Basta uma única formiga Scott disse. – Uma formiga pode vir numa caixa de frutas da América do Sul e ir parar em Wallkill. Quando pedi ajuda pras formigas, a infectada podia estar no meio das outras, uma em milhares. Elas costumam ter defesas, então o que aconteceu deve ter bagunçado a imunidade delas. Mas por que iam querer fazer isso? O que ganham com isso?

– Quem? – disse Cassie.

– Sei lá – Scott disse. – Esse é o problema. – Scott percebeu que havia dito demais. Não queria assustar a filha de novo. – Deixa pra lá. Pode se vestir pra gente sair?

– Achei que a gente não pudesse sair hoje.

– Não temos mais escolha. Anda, se apronta, vamos sair.

Enquanto Cassie se vestia no quarto, a mente de Scott era um turbilhão, tentando descobrir qual seria a motivação de Dugan e talvez de Monica Rappaccini em tudo aquilo. Era como tentar resolver uma complicada charada. Ele sabia que a resposta estava em algum lugar, que havia resposta, mas isso só o frustrava ainda mais, porque não a encontrava. Por que quiseram destruir toda a população de formigas da área? Seria este algum plano sádico, niilista, de Dugan? O mundo acabara com ele, então ele queria acabar com o mundo?

Não, isso não fazia sentido. Dugan queria vingança, sim, mas para ele a vingança era sempre algo pessoal. Teria a ver com dinheiro? Também não fazia sentido. Como conseguir dinheiro com um holocausto em potencial?

No NY1, o âncora dizia:

– *O inexplicável suposto suicídio de formigas na região norte de Nova York parece estar se expandindo. Há relatos de morte em massa de formigas por Catskills e Adirondacks, e em partes da Pensilvânia e Connecticut.*

Scott ouvira o bastante. Gritou para a filha:

– Vamos logo! – em seguida praticamente agarrou Cassie pelo braço e arrastou-a para fora do apartamento.

Cassie segurava a jaqueta enquanto era levada às pressas pelo pai escada abaixo. Não havia tantos repórteres e curiosos em frente ao prédio quanto houvera antes, mas havia gente suficiente para causar tumulto quando Scott e Cassie saíram.

– Não pare de andar. E não diga nada pra ninguém – Scott instruiu à filha conforme seguiram pela calçada na direção da avenida York. Dois policiais foram ajudando a abrir caminho para eles; quando chegaram à esquina, poucos repórteres ainda os seguiam, gritando perguntas.

Scott chamou um táxi que seguia para o centro e entrou nele com Cassie.

– 57 com a 6ª – Scott disse ao taxista. – O mais rápido que puder.

– Vai ter trânsito na ponte – disse o taxista. – Não posso voar, meu chapa.

– Pode me dizer pra onde a gente vai? – Cassie perguntou ao pai.

– Não vamos pra lugar nenhum. Vou te levar pra um lugar onde vai ficar em segurança.

– Não, me deixa sair! – Cassie gritou.

Ela foi abrir a porta, mas o carro já estava em movimento, e Scott teve que agarrá-la pela mão para que não pudesse abrir.

O taxista freou, os olhos pretos escancarados fixos no banco de trás.

– Ei, vocês tão malucos? Querem morrer?

– Tá tudo bem – disse Scott. – Pode ir, pode ir. – Depois disse a Cassie; – Olha, eu juro que você não vai correr nenhum perigo.

– É, foi isso que você disse na última vez.

– Não, isso foi o que o FBI disse na última vez.

– Quero ir com você, pai. Por favor.

– Não, Cassie.

– Mas eu posso te ajudar. Se você acha que o que está acontecendo com as formigas tem a ver com o que aconteceu na casa, então precisa de mim, porque eu tava lá!

– Não, de jeito nenhum, vai ser perigoso demais.

– Ah, é? – Cassie exclamou. – E onde é que vai ser *menos* perigoso?

Scott não respondeu. Cerca de cinco minutos depois, o táxi parou em frente à Torre Stark, o novo e escandaloso prédio residencial de Tony.

– Fala sério – disse Cassie. – Quer me deixar com o Homem de Ferro?

Enquanto subiam pelo elevador, Cassie continuou reclamando.

– Não quero ficar aqui – dizia sem parar. – Por que tenho que ficar?

Scott mal podia acreditar. Cassie havia crescido como filha de super-herói, o que nunca foi muito fácil para ela, mas estaria assim tão farta a ponto de reclamar tanto de ter que passar um tempinho com Tony Stark? E se o Homem-Aranha quisesse passar o dia com ela? A atitude dela seria *foi mal, Aranha, tô ocupada demais pra você*?

– Sabe de uma coisa, em outra situação eu diria que você está sendo muito mimada – disse Scott.

Os dois foram anunciados pelo porteiro. Quando tocaram a campainha do apartamento, que era praticamente tão grande quanto à da Cidade Esmeralda, quem atendeu foi Pepper Potts.

Scott não a via há algum tempo, talvez uns meses, e estava linda com seu cabelo ruivo liso e seus grandes olhos verdes. Será que estava fazendo pilates ou ioga? Scott ficara um pouco a fim dela quando ela começou a trabalhar com Tony, mas ficou na dele quando percebeu que havia alguma coisa rolando entre os dois – não queria entrar num triângulo amoroso, seria esquisito. Por muito tempo, o relacionamento de Stark com Pepper fora ambíguo. Eram colegas de trabalho? Amigos? Amantes? Considerando que ela estava na casa dele num sábado à tarde, descalça, de jeans e camiseta, pelo visto os dois tinham finalmente oficializado o namoro.

– Uau, que bom ver vocês, gente – disse Pepper. Ela beijou Scott na bochecha e disse a Cassie: – Olha só você, está maior cada vez que eu te vejo. – Depois, para Scott, fez cara de sonsa: – Queria poder dizer o mesmo de você.

Uma boa e velha piada sobre formigas. Scott estava acostumado.

Então Tony apareceu usando um jeans velho, camiseta preta justa e tênis de marca de quinhentos dólares – o look casual do cara rico. O modelito que dizia: *Tenho tanto dinheiro que nem preciso me vestir bem.*

– Scott, esse é o cara – disse ele.

Ele se aproximou e deu um abração em Scott. Depois disse a Cassie:

– E olha só você, toda crescida e linda. Tem certeza de que esse cara é seu pai?

Ninguém sorriu, a não ser o Tony.

– A gente precisa conversar – disse Scott.

Sacando a urgência, Tony disse a Pepper:

– Ei, Pep, pode levar a Cassie lá pra cima? Brinquem de desfile, sei lá.

– Sem problema – disse Pepper.

– Desfile? – Cassie perguntou enquanto acompanhava Pepper, relutantemente, até uma escada espiralada.

– Não queremos definir nada ainda – Tony disse a Scott, respondendo à pergunta não feita sobre seu relacionamento com Pepper.

– Os dois, ou só você? – Scott cutucou, sorrindo.

Tony rebateu:

– A gente podia sair em dois casais qualquer dia. Digo, se você conseguir arranjar alguém.

– Sabe alguma coisa sobre uma mulher chamada Monica Rappaccini?

Tony ficou calado, processando a pergunta. Depois disse:

– Sei que você não tá pegando ela. Digo, nem você tá tão desesperado assim pra sair com uma maluca dessas. – Tony viu a cara de culpa de Scott. – Ou está?

– Foi só um encontro, e...

– Fala sério, meu – disse Tony. – Tem que haver opções melhores pra você por aí. Sei que você é divorciado, e está triste, mas devia ser um pouco mais como eu.

– Frio? – Scott perguntou.

– Prático – Tony disse. – Se o seu coração já chega partido não tem como ninguém partir de novo.

– Tá, então o que sabe sobre ela? – Scott perguntou.

– Na verdade, ela anda fora do jogo há anos – Tony disse. – Só na maciota, eu acho. Ela trabalhava com a I.M.A., tem experiência com Ciências. Sabe lutar, também. Ex-fuzileira. Virou casaca depois da guerra. Desiludida, achou que o país a deixou na mão. Isso é tudo trauma de abandono.

Scott explicou que fora apagado na casa, e que suspeitava que Monica estivesse envolvida.

Quando ele terminou de falar, Tony, que permanecera sem expressão alguma, disse:

– Uau, a sua vida está uma bagunça. Tipo, que bom que eu tenho estilhaços no coração e voo por aí numa armadura movida à eletricidade – mas em comparação a você, me sinto um cara normal.

Scott disse:

– Tem formigas morrendo numa taxa altíssima, praticamente cometendo suicídio.

– Ouvi falar disso na TV – Tony disse. – Estão chamando de Formigapocalipse.

– Acho que você não tá captando as implicações disso tudo – disse Scott.

– Pra mim, uma porção das suas amigas formiguinhas tão batendo as botas, e você está chateado com isso.

– É muito maior que isso – Scott disse. – Muito maior. Não é o começo de uma guerra mundial, nem um ataque de seres espaciais, mas pode ser igualmente perigoso. Se não for mais.

Tony reparou que Scott falava sério sobre todas essas coisas.

– Continue – disse ele.

– Se a morte das formigas alcançar certo ponto – Scott explicou –, vai levar ao caos. Estou falando aqui de falta de alimento e extinção em massa.

Agora Tony começava a compreender a seriedade da situação.

– As formigas são seu departamento, então acredito em você, meu chapa – disse Tony. – Com que velocidade a situação vem evoluindo?

– Já tem formigas morrendo em três estados – Scott disse. – Até domingo, pode ter acontecido em toda a Costa Leste.

– E como isso está acontecendo assim tão rápido?

– Não tenho certeza – Scott disse. – Sei que a imunidade das formigas foi afetada. E tenho quase certeza de que tem relação com o que aconteceu comigo ontem.

– Pergunta óbvia – Tony disse, – por que alguém ia querer matar as formigas do mundo?

– Acho que foi um acidente – disse Scott. – O que está acontecendo com elas é um efeito colateral. Queriam alguma coisa de mim, da tecnologia do Homem-Formiga, e as formigas estavam lá. Então alguém traiu o Dugan e o matou, junto com os capangas, antes de eu chegar lá.

– Isso é a cara da Monica Rappaccini – disse Tony. – Se ela quer muito uma coisa, faz de tudo pra conseguir. Ela colocou isso no perfil do Tinder?

Scott ignorou a brincadeira. Disse:

– E seja lá o que ela quer, é algo que vale muito dinheiro, ou não teriam atirado num agente federal nem organizado um sequestro arriscado para conseguir. E ela não teria matado três homens e deixado as provas lá.

– Então o que você quer de mim? – Tony perguntou. – Quer que eu te ajude a encontrar a Rappaccini pra descobrir o que está acontecendo?

– Não, quero uma coisa muito mais importante que isso – Scott disse. – Quero que cuide da minha filha.

– Como? – Tony perguntou.

– Você disse que me ajudaria assim que eu pedisse – Scott falou. – Bom, é disso que eu preciso. Posso cuidar da Rappaccini, mas a Cassie é a coisa mais importante da minha vida, e não posso correr o risco de algo acontecer com ela de novo. A ordem de proteção acabou, e preciso que ela fique no local mais seguro possível. Se você não puder protegê-la, quem mais pode?

– Por mim, fechado – disse Tony, sorrindo. – E se quiser encontrar a Monica, acho bom você falar com Peter Lawson. Posso dar o endereço dele. Fica no Brooklyn.

– Quem é Peter Lawson?

– O ex da Monica – disse Tony. Depois, bancando o malandro, acrescentou: – Encare os fatos, meu chapa. Ela te enganou feio.

Saindo do prédio de Tony, Scott pensava que tinha que melhorar no quesito paquera-pós-divórcio.

O celular dele vibrou – número restrito, que ele supôs ser do FBI.

– *Scott, cadê você?* – Carlos perguntou.

Andando às pressas pela rua 57, passando por entre a horda de turistas, Scott perguntou:

– Que houve?

– *Estão sabendo que você não alugou um carro aquele dia* – Carlos disse. – *Querem falar com você de novo.*

Scott sabia que o policial se referia a Warren e James.

– Diga que agora não posso.

– *Você não entendeu. Eles desconfiam que foi você quem cometeu os assassinatos naquela casa.*

Scott viu uns policiais mais à frente no quarteirão. Eles não o viram, mas ele deu meia-volta, por via das dúvidas, e seguiu para a 6ª avenida.

– Mande que fiquem na deles – disse.

– *Não posso fazer isso* – Carlos respondeu.

– Se quer que eu encontre essa Monica Rappaccini e segure o seu emprego, vai fazer isso, sim – disse Scott.

– *Você já falou com ela?* – perguntou Carlos.

Scott encerrou a ligação.

Correu por uns quarteirões, entrou em uma lanchonete e foi ao banheiro. Tirou as roupas que usava, colocou-as na bolsinha grudada no uniforme, depois ativou o gás Pym e, de repente, formigou-se.

Notou que havia umas formigas no banheiro: duas bebês e uma adulta fêmea. Não estavam ali por terem sido atraídas por Scott – estavam evidentemente doentes. Caminhavam com dificuldade e tinham deformidades nojentas na cabeça, como se tivessem contraído uma versão para formigas da elefantíase. Pareciam não ter reparado na presença de Scott conforme zanzavam na direção da poça de água debaixo da pia, atraídas pela umidade.

Então Scott reparou em outras formigas, já mortas, perto do cano. O fungo estava se espalhando mais rapidamente do que ele temia.

Scott passou por debaixo da porta do banheiro e voltou para a apinhada calçada, desviando de todos aqueles sapatos gigantescos. Depois saltou para a traseira de um táxi, seguindo de volta ao Brooklyn. Tinha que encontrar Monica Rappaccini o quanto antes e torcer para ter acertado no palpite: que era ela a causadora da epidemia de fungo zumbi, e que esta podia ser revertida. Mas, vendo que até em Manhattan as formigas estavam morrendo, havia apenas uma certeza: o tempo não estava do lado de ninguém.

18

CASSIE NUNCA FICARA MUITO DESLUMBRADA com celebridades, talvez por ter crescido cercada de tantos super-heróis famosos. Quando tinha dez anos, o pai pediu que o Homem-Aranha fizesse uma visita surpresa na festa de aniversário dela na Pizzaria Uno. Os coleguinhas acharam aquilo a coisa mais legal do mundo, mas para ela foi, tipo, normal.

Tony Stark, por exemplo. Cassie o conhecia há tanto tempo que nem pensava mais nele como sendo o Homem de Ferro – parecia apenas aquele tio maluco. Tá, talvez maluco seja uma palavra um pouco forte demais – excêntrico. É, era apenas como aquele tio excêntrico. Na verdade, ela o considerava meio irritante. Tá, a armadura era legal, e ele podia fazer coisas tipo voar, mas ela não enxergava nada de tão incrível nele enquanto pessoa. Era engraçado, mais ou menos, mas *muito* cheio de si. Sério, se não era assim tão egocêntrico, por que colocava o nome dele estampado em tudo ao redor da cidade? Indústrias Stark, Torre Stark, Hotel Stark, Ringue de Patinação no Gelo Stark. Se desse dinheiro suficiente para a cidade, talvez renomeariam a ponte do Brooklyn, chamariam de Ponte Stark. E em vez da Estátua da Liberdade, por que não Starktua da Liberdade.

Cassie sempre gostara de Pepper, no entanto. Ela era superlegal e linda, e Cassie não sabia por que a moça perdia tempo com Tony. Bom, o cara era um dos homens mais ricos do mundo, então Cassie entendia essa parte, mas Pepper não parecia fazer o tipo que fica com um homem só pelo dinheiro dele. Isso era uma das coisas que a menina mais gostava nela. Havia garotos ricos na escola, garotos que moravam na Park Avenue e tal, e viviam contando sobre as viagens chiques que faziam – tirando o fato de que não diziam "viagem", diziam "férias". Quando chegaram as férias de Natal no ano anterior, Cassie escutou um desses meninos da Park Avenue perguntar pro outro: "Onde vai passar as férias este ano?". Que irritante! Se Pepper tivesse a idade de Cassie, e as duas estudassem na mesma escola, a menina tinha certeza de que seriam amigas. Talvez não melhores amigas, mas amigas.

Enquanto o pai de Cassie e Tony conversavam sobre seus assuntos ultrassecretos de salvar o mundo que eram importantes demais para ela escutar – revirada de olhos –, Pepper lhe fez companhia. Primeiro ela mostrou um monte de vestidos que não usava mais e disse que Cassie podia ficar com eles se quisesse. A menina os provou, mas Pepper era um pouquinho mais alta, então não caíram muito bem, o que foi uma pena, porque alguns eram bem legais e Cassie já podia se imaginar usando um deles em seu primeiro encontro de verdade com Tucker McKenzie. Cassie contou a Pepper tudo sobre Tucker. Era tão bom ter alguém com quem conversar, uma mulher, já que a mãe morava tão longe. Obviamente, não dava pra conversar com o pai sobre garotos. Ele vivia querendo saber da vida dela, lia as mensagens em voz alta, tentava deixá-la com vergonha. Talvez estivesse apenas sendo superprotetor, como a maioria dos pais, e ela sabia que isso era por amor, mas essas atitudes apenas a faziam querer guardar mais ainda as coisas para si.

Depois que terminaram de provar as roupas, Pepper disse que tinha cabeleireiro marcado, então colocou Cassie em frente à TV na "sala de vídeo" do apartamento. A tela era tão grande quanto a de um pequeno cinema, e havia assentos reclináveis estilo dessas salas de exibições. Aquilo era muito legal, mas Cassie sentiu-se como um verdadeiro bebê. Não estava a fim de ver filme, então ficou trocando de canal, até parar num noticiário que falava do Formigapocalipse. Uau, era mesmo como o pai explicara – talvez pior. Havia formigas morrendo em toda a região nordeste. As imagens das formigas penduradas, mortas, nas folhas e em todo canto eram de cortar o coração. Cassie lembrou-se de como foi divertido usar o traje do Homem-Formiga aquele dia, e ver as formigas tão de perto. Ela rezou para que o pai descobrisse logo o que estava acontecendo, mas ele parecia muito confuso com relação à história toda, então ela não estava muito confiante.

Enquanto assistia à TV, recebeu uma mensagem de Tucker:

podemos nos ver mais tarde?

Ela poderia estar em um encontro com o menino mais bonito da escola, o amor de sua vida, mas em vez disso estava aprisionada no cinema caseiro de Tony Stark. Aquilo não era justo.

Depois de mais uns vinte minutos de tédio e frustração, Tony entrou e disse:

– E aí, como você está?

– Péssima – Cassie disse.

– Pelo menos não está um desastre ou insuportável – Tony disse. – Eu também sempre enxergo as coisas pelo lado positivo.

– Posso sair só por uma horinha? – Cassie perguntou.

– Primeiro, eu prometi ao seu pai que você não iria a lugar nenhum – disse Tony. – Segundo, não.

Tony abriu seu sorriso superarrogante de sempre.

– Por favor – disse Cassie. – Não vou sair desse quarteirão, eu juro.

– Ah, me deixa adivinhar – Tony disse. – Primeiro namorado.

– A Pepper ou meu pai disseram alguma coisa?

Cassie não achava que Pepper poderia ter dito algo, mas podia totalmente imaginar o pai tagarelando sobre isso.

– Não, foi só a minha brilhante intuição – disse Tony.

– Você não pode me prender aqui – Cassie disse.

– Como sua mais do que qualificada babá, acho que posso, sim. E já que eu não sei nada sobre esse seu mocinho charmoso, se ele é igual um típico garoto de catorze anos, ou, Deus o livre, como *eu* era quando tinha catorze, ele não vale nada.

– Ele tem quinze – disse Cassie –, e por que eu daria ouvidos a conselhos sobre relacionamento vindos de você? Sr. Nunca Me Casei,

Sr. Nunca Namorei Sério. E nem vem me dizer que é porque você é ocupado demais pra namorar, porque é uma péssima desculpa.

– Salvar o mundo tende a tomar muito tempo de uma pessoa – Tony rebateu.

– Falando sério – Cassie disse. – Por que você e a Pepper não se casam logo? Ela é tão legal!

– Finalmente a gente concorda numa coisa – Tony disse.

– E você tá velho...

– Epa, calma lá.

– Mais velho que o meu pai, pelo menos – Cassie terminou. – Acho que sei qual é o seu problema.

– Por favor, diga – Tony disse.

– Fobia de compromisso – Cassie disse. – Muitos homens têm, principalmente os da sua idade que nunca foram casados.

Tony sorriu e disse:

– Peraí, agora é *você* que vai *me* dar conselho sobre relacionamento?

– Alguém tem que dar, ué – Cassie disse. – Antes que você estrague de uma vez o que tem com a Pepper. Se quisesse se casar, já teria se casado. É tão óbvio que ela é totalmente a fim de você. Você só fica enrolando, fazendo promessas vazias, e isso não tá certo. Se você não fosse tão centrado na sua imagem e em pôr seu nome nos prédios, talvez percebesse isso.

Houve uma longa pausa na qual Cassie e Tony competiram pra ver quem encarava o outro por mais tempo.

Então Tony disse:

– Bom, até agora, estávamos nos divertindo. Quem dera seu pai te deixasse aqui mais vezes. Eu seria tão mais ajustado psicologicamente se tivesse sua consultoria.

– Ah, e esse seu sarcasmo – Cassie disse. – Óbvio mecanismo de defesa provavelmente relacionado a uma profunda insegurança. Eu sugiro que se livre dele. Confia em mim, mulher nenhuma vai ficar por perto com esse jeito convencido, principalmente uma legal como a Pepper.

Tony estava impressionado com as respostas da menina.

– Você é uma boa menina, Cassie Lang. Não vou ficar contestando suas opiniões. Quer ir lá pra cima ver uma coisa legal?

Cassie adorou a chance de poder sair daquele cinema caseiro – estava começando a ter claustrofobia –, então acompanhou Tony até o último andar da gigantesca cobertura.

Ali ficava a área de trabalho de Tony, onde acontecia toda a mágica do Homem de Ferro. No centro da sala estava uma das armaduras vermelhas e douradas dele.

– Diga oi para o meu mais novo brinquedinho – disse Tony.

Celebridades não impressionavam Cassie, mas tecnologia a deixava pasma.

– Que legal! – Ela chegou mais perto e espiou dentro do painel de controle. – Posso dar uma volta nela?

– E depois *eu* que sou convencido? – Tony disse, sorrindo.

– Ser confiante é muito diferente de ser convencido – Cassie retrucou. – Deixa, vai, meu pai me deixa usar o traje dele.

– Ah, é?

– Bom, deixou uma vez, esses dias. E na verdade não deixou, exatamente, mas não aconteceu nada.

– Que legal você ser tão, hã, unida ao seu pai. Só que na casa do Tony Stark, só o Tony Stark brinca com os brinquedos.

Cassie, olhando para a traseira da armadura, disse:

– Repulsores... Legal.

– É – Tony disse, – eles ajudam a dar impulso na horizontal e...

– ... e na vertical – Cassie emendou. – Mas é a repulsão giroestabilizada que te faz voar. – Ela estreitou os olhos para analisar as botas. – Microturbinas pra liquidificar o ar, correndo sobre círculos de nitrogênio líquido.

Impressionado, Tony comentou:

– Você curte mecânica teórica, hein!

– Pra mim é tipo um hobby – Cassie disse. – Mas meu pai nunca me contou como funciona a tecnologia do Homem-Formiga. Acho ele meio paranoico. Tive que descobrir quase tudo sozinha.

– Falando sério, agora – disse Tony –, seu pai é um cara muito legal. Sabe disso, né?

– É, sei, sim – Cassie disse. – Uma coisa que eu não descobri, quando tava usando o traje, foi como me comunicar com as formigas. Quando eu tava no traje, era, sei lá, estranho. Parecia que eu tava falando com elas, mas sem falar. É difícil de explicar, mas parecia, sei lá, telepatia.

– Isso é porque deve ser *mesmo* telepatia – disse Tony. – Seu pai nunca me contou nada também, nem eu pra ele. Segredo de super-herói, podemos chamar. Mas se eu for chutar, acho que Hank Pym colocou uma espécie de telepatia sintética no traje. É assim que um cérebro se comunica com uma máquina via interface neural direta, só que ele arranjou um jeito de fazer uma de um cérebro humano com uma formiga.

– Mas como isso é possível? – Cassie perguntou. – Tipo, as formigas não pensam igual a gente.

– Exato – Tony disse. – Essa telepatia é movida por pensamentos, não linguagem. Como um apito de cachorro, ou o modo como os pássaros se comunicam. Eles precisam de palavras ou ideias, ou é tudo instinto? Desconfio que o seu pai consegue se comunicar com as formigas através de um mecanismo similar, só que é silencioso... pelo menos pra ouvidos humanos.

– Peraí. – Uma ideia começava a brotar na mente de Cassie; ela ficou muito empolgada. – Meu pai ficou preocupado quando me viu no traje por eu ser muito jovem, meu cérebro ainda não se desenvolveu completamente. Ficou preocupado por eu ter encolhido; que efeito isso poderia causar em mim.

– Posso estar maluco, mas acho a preocupação bastante razoável – ponderou Tony.

– Mas e se na verdade funcionou ao *contrário*? – disse Cassie. – E se o meu cérebro fez algo no traje? Ainda não sou adulta, e o traje nunca teve um cérebro adolescente dentro dele. Quando eu me comuniquei com as formigas por essa interface neural direta, posso ter mudado alguma coisa no traje, e ele, tipo, abriu um portal.

– Não estou acompanhando – disse Tony.

– Meu pai acha que aconteceu alguma coisa com as formigas, algo que afetou a imunidade delas e deixou o fungo se espalhar. Mas talvez tenha sido o traje do Homem-Formiga que tenha enviado algum tipo de sinal pra elas. Não de propósito, mas porque alguma coisa no capacete mudou pra acompanhar o meu cérebro.

– Ele disse que acha que a imunidade delas foi comprometida – Tony disse. – Se esse traje pode se comunicar com os cérebros das formigas, por que não com seus sistemas imunológicos?

– Certo – disse Cassie. – Mas se o traje mandou uma mensagem que alterou a imunidade das formigas, por que não pode mandar uma que conserte? Temos que falar com o meu pai sobre isso. Cadê ele?

– Vai voltar logo.

– A gente devia falar agora, Tony, antes que o Formigapocalipse fique pior ainda.

– E como é que vamos fazer isso? – Tony perguntou. – Não é fácil rastreá-lo. Digo, o cara tá do tamanho de uma formiga.

Na verdade, Cassie sabia exatamente como encontrar o pai, mas receava que Tony não a deixasse sair para procurá-lo. Seria até um erro sugerir isso.

– É, você está certo – disse a menina. – Deixa pra lá.

– Logo ele vai entrar em contato, tenho certeza.

Para mudar de assunto, Cassie fez perguntas a Tony sobre a armadura do Homem de Ferro. Deu supercerto – ele adorou mostrar todos os novos equipamentos para ela. Ela achava que seu pai era o nerd mais fissurado por tecnologia do mundo, mas Tony era igualmente viciado.

Mais tarde, quando Tony colocou para tocar um heavy metal velho e péssimo e ficou ocupado ajustando alguma coisa nas turbinas, Cassie saiu de fininho para usar o banheiro. Foi quando lhe ocorreu: ela podia simplesmente sair do apartamento. Primeiro, pegou um iPad, depois entrou no elevador e desceu ao saguão, passou pelo porteiro e ficou livre. Tony podia ser um dos mais poderosos super-heróis do planeta, mas era a pior babá.

Alguns meses antes, Cassie baixara um GPS rastreador no celular de Scott. Era preciso para uma garota saber sempre onde o pai estava, ou não teria chance alguma de se divertir. Ela encontrou um Starbucks com Wi-Fi e conectou-se ao celular do pai pelo aplicativo que baixou no iPad. Apareceu um mapa de Nova York; ela deu zoom no Brooklyn, vendo o ponto azul perto do centro, a localização atual de Scott.

Cassie tinha cinco dólares consigo – mais do que suficiente para comprar um cartão de metrô na Estação da rua 57, na 6ª avenida. Ela comparou o mapa do celular com o do metrô e concluiu que o pai estava perto da parada da avenida Lafayette, no trem C. Ela pegou o F para o centro, desceu na 4ª Oeste e trocou para o C. Quando chegou a Lafayette, subiu para a rua e viu que saíra um pouco de curso, mas eram poucos quarteirões. Ela subiu a avenida até a rua certa e seguiu na direção da localização do pai.

Era uma casa antiga de aparência comum, enfiada entre duas outras casas velhas. Havia um portão baixinho na frente e um monte de latões de lixo. Perto da entrada do porão, mais abaixo, havia uma grande poça de água; pelo visto houvera um vazamento ou algo assim no porão. Havia também pegadas molhadas indo na direção da casa, então devia ter alguém lá dentro. Cassie não fazia ideia de por que o pai fora até essa casa, nem o que aquilo tinha a ver com as formigas-zumbis, mas não se preocupou.

Ela tocou a campainha, mas ninguém atendeu. Tentou mais algumas vezes; ainda sem resposta. Verificou o aplicativo – o pontinho dela estava praticamente em cima do pontinho do pai. Tentou a maçaneta, e a porta se abriu, então ela entrou no comprido vestíbulo conjugado à cozinha. Havia um zumbido alto, esquisito, espalhado pela casa... mas era apenas um ou um monte de ruídos?

– Olá – ela chamou. – Tem alguém em casa?

Conforme Cassie foi adentrando a casa, o zumbido foi ficando mais alto.

19

19

ENCOLHIDO, Scott saltou de um furgão no cruzamento da Washington com a Fulton, e disparou pela calçada. Quando chegou a casa, na esquina, passou por debaixo da porta. Havia sapatos perto da porta e um par de botas, todos de homem. Ele parou perto da escada, mas não escutou nada. Foi até a cozinha. Não havia ninguém ali também – bom, ninguém exceto um ratinho agitado perto da base da pia. Embora Scott fosse o Homem-Formiga fazia muito tempo, e se sentisse confortável em miniatura tanto quanto no tamanho natural, sempre ficava um pouco alarmado quando via um animal ou um inseto sob aquela perspectiva diminuta. Porém, o rato nem deu bola para ele quando cruzou a cozinha e passou para a sala de jantar.

Nada parecia estar fora do lugar. Uma mesa, cadeiras. Ele saltou para a mesa e viu uma caneca com café quente dentro, o que indicava que havia alguém em casa – ou que houvera recentemente.

De volta ao chão, Scott atravessou a sala de jantar, ultrapassando um tapete afegão cheio de cabelos – alguns lembravam os de Monica Rappaccini. Uma porta dava para um pátio nos fundos. Ele saiu e viu diversas formigas caminhando a esmo, pareciam tontas. Uma delas tinha grotescas protuberâncias na cabeça.

Scott retornou a casa e viu uma pilha de revistas numa mesinha junto ao sofá. Subiu em cima da primeira, uma *National Geographic* com matéria de capa intitulada – dá para acreditar? – "Formigas da Amazônia". O endereço de correspondência que aparecia na capa era de Peter Lawson, confirmando que Scott estava na casa certa. Estava prestes a subir as escadas para checar o segundo andar quando escutou passos acima, fazendo ranger o piso de madeira. Depois ouviu uma mulher falando – parecia estar ao telefone, terminando uma conversa.

– *É... tá bom, eu vou... obrigada. Certo, tchau.*

Parecia a voz de Monica.

Scott parou perto da escada vendo a mulher descer. De seu ponto de vista, via apenas as pernas conforme ela chegava ao térreo e ia bem em sua direção. Scott caminhou bem junto à parede para que ela não o notasse. Ela passou por ele e foi para a sala de estar.

Cantarolando de boca fechada uma canção que Scott não identificava, a moça largou o celular na mesa de centro. Depois foi até a cozinha e soltou um berro.

O rato, pensou Scott.

– Que nojo – disse Monica. – Meu Deus!

Scott aproximou-se para poder ver a moça, que se afastara, de medo, da pia. Foi difícil acreditar que aquela mulher de aparência inocente que tinha medo de rato fosse uma perigosa criminosa que trabalhara com o pessoal de Dugan e que cometera os assassinatos em Wallkill.

– Ei, Monica – disse Scott.

Já assustada com o rato, Monica escancarou os olhos na direção da sala de jantar.

– Quem está aí?

Scott escondeu-se atrás do batente do arco de entrada, onde não podia ser visto.

– Fico surpreso por você ter me esquecido assim tão rápido.

Quando espiou a cozinha, viu Monica empunhando uma faca enorme.

– Seja quem for, apareça – disse ela.

Scott correu para a cozinha, saltou e arrancou a faca da mão dela.

Monica ficou pasma.

Ele pousou no balcão.

– Acho que você está começando a entender.

Ela deu meia-volta e saiu correndo da cozinha. Scott pulou atrás, agarrou-a pela blusa, girou-a e a empurrou contra a parede.

– Agora acabou – disse. – Você vai pra cadeia.

Scott soltou-a e voltou ao chão, para que ela não o visse.

– N... não sei do que você tá falando – declarou Monica, olhando freneticamente para os lados.

– Mas sabe quem eu sou – Scott disse. – Sabe que sou o Homem-Formiga.

– Não sei de nada.

Será que Scott tinha se enganado?

Achou melhor continuar pressionando.

– Você matou três homens. Eram todos assassinos procurados, mas mesmo assim você matou todos. E também fez algo às formigas.

– Você... você é maluco – ela disse, recuando. Olhava ao redor freneticamente, tentando descobrir de onde vinha a voz. – Você está enganado. Eu não sei quem é você, nem o que quer de mim.

– Você queria a minha tecnologia – Scott disse. – Mas pra quê? Que quer fazer com ela?

– Não faço a menor ideia... – ela disse.

Subitamente, Monica virou e disparou em direção à sala de jantar. Scott logo a alcançou; agarrou-a pelas costas. Mas ela ergueu um aparelhinho, algo similar ao que um palestrante usa para ir passando slides durante uma apresentação. Scott a soltou e caiu no chão, quicou, girou, não conseguia controlar seus movimentos. Ficou deitado de lado, incapaz de se mover, como acontecera na casa de Wallkill.

– Ah, aí está você – disse ela.

Tonto, mas ileso após a queda, Scott viu uma gigantesca Monica agachar-se à sua frente.

– Scott, seu bobinho – disse a moça. – Achou mesmo que poderia vir aqui me impedir sozinho, desse tamanhinho, sem a ajuda dos seus amigos super-heróis? Tem ideia de com quem está lidando?

Ela pegou Scott e o espremeu entre o polegar e o indicador.

– Uau, o Dr. Pym sabe mesmo o que faz. – Ela chegou mais perto. – Olha como sua cabeça está pequena. E seus olhos! Queria poder te adotar como bichinho de estimação. Levar você por aí no bolso.

Scott sempre ficava muito tranquilo nas situações de tensão, mesmo na época de criminoso. Precisava ganhar tempo para pensar no que fazer em seguida – quer dizer, se fosse possível fazer alguma coisa.

– Como conhece do Dr. Pym? – disse.

– Não o conheço pessoalmente – Monica disse. – Sempre curti tecnologia quando nova. Era fã do trabalho dele, mas meu herói mesmo era o Einstein. Queria criar a próxima superarma. Mas eu tinha ouvido falar do tal do Homem-Formiga, e que ele escolhera alguém pra dar seguimento ao seu legado. Então era você esse tempo todo. Não acredito que estou segurando o Homem-Formiga na mão. Quão poderoso tá se sentindo agora, Scott? Acho que não muito.

Scott supôs que o melhor a fazer seria apaziguar Monica, visto que não podia se mexer e tinha um milésimo do tamanho dela.

– É, no momento eu me sinto bem... hmm... pequeno.

– Pequeno? – Ela riu. – Está pequeno mesmo. E fraco, incapacitado. E prestes a morrer.

Scott lembrou-se de quanto gostara de Monica – na época, Jennifer – quando a conhecera. Tinha realmente péssimo faro pra mulheres.

– Então era você naquela casa? – ele perguntou, ganhando tempo.

– Sim, *moi* – ela disse. – E sim, eu matei aqueles três imbecis.

– Como foi se meter com Willie Dugan? – Scott perguntou.

– Por favor – ela disse, – não use esse termo, "se meter". Conheci Willie, Will, eu chamava assim, anos atrás. Mantivemos contato ao longo dos anos, e ele me procurou semana passada. Estava planejando matar você e queria minha ajuda pra sair do país depois. Tenho um monte de contatos – disse ela, e riu. – É até meio engraçado: se eu não tivesse ajudado ele, você já estaria morto. Ganhei uma semana a mais de vida pra você.

– Como ele achava que ia poder me matar se eu estava sob proteção?

– Ele matou os outros caras, inclusive o juiz. Confie em mim, você era o próximo da lista... e ele pretendia matar sua ex e sua filha também. Tinha um grande plano organizado, e teria conseguido realizar tudo. Mas depois me contou uma história, de como você o salvou de um incêndio. Ele achava que talvez você fosse o Homem-Formiga. Foi quando fiz um trato com ele, um que nos faria ganhar muito dinheiro. Tudo o que eu precisava fazer era confirmar que você era o Homem-Formiga... e você facilitou tanto pra mim no café com aquela conversa sobre as formigas.

– Tá, e qual é o seu plano? – Scott perguntou. – Não tem por que esconder.

Monica saiu andando pela sala, abusando do poder que sentia por ter um ínfimo e imobilizado Scott na palma da mão.

– Legal. Estou gostando. Muito mais íntimo do que nosso primeiro encontro no café. Mas foi bonitinho ver como você ficou todo apaixonadinho por mim. Em outra vida, a gente poderia ter sido muito feliz.

– Hmm, não tenho muita certeza disso – Scott zombou. – Em outra vida, eu teria sacado que você é uma psicopata que não vale nada e te colocado atrás das grades.

A mulher sorriu.

– Posso até não valer nada. Mas acredite, você vale muito. Você cairia duro no chão, antes mesmo de eu ter chance de te matar, se ouvisse quanto a I.M.A. oferece pela sua tecnologia de comunicação com as formigas.

– Pra que querem essa tecnologia?

– Você teria que ver pra acreditar. Era um plano brilhante, mas antes precisávamos pensar num jeito de fazer você aparecer em algum lugar como Homem-Formiga. A primeira parte era usando a espertinha da sua filha como isca pra te atrair pra fora da cidade. Depois que me livrei do peso morto, só precisei ficar esperando você chegar. Acabou que foi superfácil. Primeiro te paralisei, depois te repliquei.

– Replicou? Como assim, replicou?

– Inventei um aparelho que pode duplicar certos tipos de tecnologia. O Dr. Pym ficaria orgulhoso.

– Replicou toda a tecnologia do traje?

– Não, só o que era mais valioso – ela disse. – A habilidade de se comunicar com as formigas. Pra mim, essa é a invenção mais impressionante do Dr. Pym, só que acho que ele não a levou até onde ela poderia ir. Se você puder controlar as formigas, por que não outros insetos também? E se puder controlar insetos, por que não animais?

E se animais, por que não humanos? – A moça foi andando cada vez mais rápido, se tornando cada vez mais maníaca. – Pensa nisso. Uma única pessoa poderia controlar um exército inteiro, ou forçar um país a se submeter sem dar um tiro.

– Um grande objetivo de vida – disse Scott, sarcástico.

– Mas é mesmo – retrucou a mulher, não entendendo, ou apenas ignorando, o sarcasmo.

– E você disse que é fã do Dr. Pym... – Scott continuou. – Bom, eu o conheço pessoalmente, e ele queria que a tecnologia fosse usada somente para o bem, nunca pro mal.

– E eu lá me importo com essa coisa de bem e mal? Não vou usar a tecnologia, vou vender pra I.M.A por... prepare-se... vinte milhões de dólares. Ops, não era pra contar?

– Que ótimo – disse Scott. – Bom, caso você tenha ficado escondida embaixo de uma pedra pelas últimas 24 horas, seu grande plano teve um grande efeito colateral. Seu replicador parece ter gerado uma mutação num fungo que está matando formigas em todo o Nordeste, talvez até além.

Ela parou de andar, levou o rosto perto de Scott – ficou a um centímetro dele – e disse:

– Scott, você não entendeu? Não estou nem aí pras formigas. Eu quero o dinheiro.

– Acho que quem não entendeu foi *você* – Scott disse. – Se as formigas morrerem, tudo mais vai morrer. Bom, quase tudo. Vai ser um mundo no qual você não vai querer viver.

– Eu compro uma ilha só pra mim, então – ela disse.

– Tá – Scott disse, – e vai morrer de fome lá.

– Se vai ter alguém com dinheiro pra comprar comida, serei eu.

Não tinha como fazê-la compreender.

– O Lawson está aqui? – Scott perguntou. – Ele está nisso junto com você?

– Hmm, ele sofreu um grave acidente semana passada: o corpo ainda não foi encontrado. Daqui a pouco eu vou ganhar uma bela grana e, caso você ainda não tenha entendido, eu gosto de jogar sozinha.

Faz tempo que tem sido assim, desde quando eu era criança. Sempre fiz o tipo solitária... e sim, já matei animais. Muito clichê, eu sei. Mas se eu já matei todos os gatos da vizinhança, acha mesmo que eu vou ligar pro que está acontecendo com umas formiguinhas idiotas?

O insulto às formigas, principalmente, fez Scott fervilhar. Mas ele engoliu a raiva.

– Bom, tenho coisas a fazer – ela disse. – Foi um prazer conversar com você.

Ela o levou até um pequeno banheiro. Ergueu a tampa do vaso sanitário e, entre o polegar e o indicador, manteve Scott pendurado acima da água. Pelo visto ele estava prestes a ser jogado numa imensa piscina oval.

– Espera, antes de me matar – disse ele –, prometa que vai tentar reverter o que você fez. Não pode deixar esse fungo se espalhar. Não vai ganhar nada com isso.

– Vou ganhar vantagem – ela disse. – Poder.

– Não faz sentido – Scott insistiu, mas a moça não escutava.

– *Sayonara*, Homem-Formiga.

Ela o soltou na privada.

Ele mergulhou espirrando muita água ao redor e foi afundando dentro da água. Em seguida ouviu um rugido tremendo, e a água começou a girar. Ser jogado num vaso sanitário era uma experiência que Scott jamais esperara ter que enfrentar, e não foi nada divertido. A água foi girando cada vez mais rápido. Com uma força incrível, como a água de um tsunami sendo sugada para o mar antes do ataque da onda gigante, Scott foi sugado pelo ralo para a total escuridão.

Foi como andar numa montanha-russa – uma versão aquática da Space Mountain –, só que tirando a diversão. O lado positivo é que a água desativaria temporariamente o traje, revertendo-o de volta ao tamanho normal; ele só esperava que isso acontecesse depois que ele tivesse chegado ao esgoto, afinal não dava para imaginar o que aconteceria se ele ficasse subitamente centenas de vezes maior dentro de um encanamento estreito.

Num exemplo extremo de "cuidado com o que desejas", Scott pousou com um baque no sistema de esgoto da cidade – numa experiência que ele pretendia bloquear da memória para o resto da vida.

Pelo menos tinha uma boa notícia: a paralisia já era. O gás Pym ativou-se, devolvendo-o ao tamanho natural. Entretanto, estava preso no esgoto, no escuro. Foi tateando ao redor, tentando encontrar a saída. Finalmente, conseguiu agarrar-se a algo gosmento e escalar a parede do esgoto pelas saliências, na direção de uma luzinha fraca. Acabou que era a tampa de um bueiro. Scott conseguiu destravá-la e saiu do esgoto, surgindo bem no meio da rua, na frente da casa de Monica.

Ele reparou, então, em alguns garotos de bicicleta que tinham parado para observá-lo, estupefatos. Ou melhor, em choque. Não era todo dia que se via um super-herói emergindo de um bueiro.

– Vão pra casa – disse Scott. – Finjam que não viram nada disso.

Ah, tá, como se houvesse chance disso acontecer. Um dos meninos sacou o celular e ficou mirando Scott por vários segundos. Depois saíram todos de uma vez, correndo quarteirão acima. Scott sabia que não demoraria muito até o vídeo estar na internet, se é que já não estava.

Scott se aproximou da casa de Monica, ainda encharcado e muito fedido. O traje do Homem-Formiga, contudo, voltara a funcionar. Ele ativou o gás Pym, encolheu e passou por debaixo da porta.

Ele não viu Monica na sala de estar – devia estar no andar de cima. A caminho da sala, uma mosca enorme passou voando e colidiu contra ele. Aquilo era muito estranho; em geral os outros insetos o evitavam, confusos quanto à natureza do pequeno humano. Depois outra mosca veio na sua direção. Aqueles olhos verdes e as asas compridas foram ficando cada vez maiores até que, no último instante, Scott desviou.

Só que mais moscas estavam entrando por debaixo da porta e por uma fresta na janela, e todas miravam Scott e iam para cima dele. Ele conseguiu enfrentá-las, claro – era muito mais forte do que uma mosca comum –, mas havia tantas, já eram dezenas, cutucando-o, atormentando-o. Scott as golpeava, mas havia tantas que foi ficando difícil manter a vantagem. Será que estavam sendo atraídas a ele pelo cheiro do esgoto, do mesmo modo que eram atraídas a um cocô de cachorro na rua? Não parecia ser apenas isso. Estavam agressivas, como se quisessem matá-lo, algo muito incomum.

– Seja bem-vindo de volta, Scott.

Monica estava na frente dele, perto da cozinha. Devia ter vindo do porão. Estava em seu tamanho natural, mas usava um capacete muito similar, talvez idêntico, ao de Scott.

– Pelo visto você é igual a um daqueles gatos que eu matei quando era criança – disse ela. – Digo, por ter sete vidas. Bom, não importa quantas vidas você teve, agora só lhe resta uma.

Mais moscas vieram para cima de Scott, dificultando-lhe a visão. Ele tentou ativar o gás Pym, para ficar grande, mas as moscas bloqueavam suas mãos.

– Ai meu Deus, tá funcionando! E melhor do que eu imaginava! – Monica comemorou. – Espere só quando eu começar a usar em humanos! Tá, vamos tentar isso aqui...

Diversas moscas morderam o traje de Scott, agarrando-o com força suficiente para erguê-lo do chão. Saíram voando com ele ao redor da sala, foram zumbindo para a janela, voltaram para a cozinha e depois à sala de jantar. Finalmente, trouxeram-no para o corredor, onde ficaram plainando em frente à Monica.

– É como o *vídeo game* definitivo – disse ela. – Mas melhor ainda, porque não precisa de controle. É tudo na mente.

Foi então que Scott ouviu a voz de Cassie.

– Pai!

Estaria imaginando a voz da filha? Era difícil enxergar com todas aquelas moscas bloqueando seus olhos. Cada mosca da vizinhança devia estar a caminho da casa.

– Ora, que visita inesperada – disse Monica. – Minha vítima de sequestro favorita veio se juntar à festa. Bem-vinda, Srta. Lang!

– Pai, você tá aqui?

Monica olhou para Cassie, distraindo-se por um instante, e as moscas soltaram Scott. Pois é, Cassie estava mesmo ali. Tony era mesmo a melhor das babás.

A mulher agarrou Cassie e apontou uma arma para a cabeça dela. A menina parecia estar em pânico, mas procurou manter a calma.

– Pelo visto teria sido melhor você não ter saído do esgoto, onde é o seu lugar – disse Monica.

Ela não percebera que as moscas haviam soltado o Homem-Formiga. Scott já estava atacando, ainda encolhido. Ele saltou no ar e facilmente arrancou a arma da mão dela.

– Você não vai me derrotar agora – disse Monica. – Sou mais forte que você.

– Ah, é mesmo? – Scott meteu um soco na cara da mulher, que voou para trás. – Quase acreditei.

As moscas voltaram a atacá-lo, tentando grudar-se nele.

– A força aérea sempre vence a guerra – disse a vilã.

As moscas ergueram Scott mais uma vez, e saíram girando com ele pela sala. O zumbido estava tão alto e furioso que nem mais parecia produzido por insetos.

Foi então que Scott ouviu Cassie gritando por socorro. Ele se lembrou da promessa que fizera, de que tudo ficaria bem. Então ele juntou forças para combater algumas das moscas e ativou o display do capacete.

Scott já tinha testado, algumas vezes, alterar o funcionamento do traje para se comunicar com outros insetos, além de formigas. Certa vez conseguira de fato comunicar-se com moscas. Para isso, era preciso ajustar a frequência do sensor-sonda principal – tarefa que já era difícil de fazer estando ele sozinho, tranquilo, num quarto. Não havia jeito de fazer isso sendo carregado pela casa por um enxame de abelhas.

A filha gritava:

– Não façam isso!

E então Scott teve uma ideia. Podia tentar acessar o aparelho de Monica e usar seu próprio capacete como transmissor. Seria como roubar o sinal de Wi-Fi do vizinho.

As moscas o prensaram contra uma parede, depois voltaram voando para outra direção. Scott conseguiu desligar o software de comunicação do capacete, deixando-o, contudo, no modo "ativo". E, como esperado, deu certo.

As moscas que o seguravam pararam em pleno ar no meio da sala de estar. Elas foram para cima de Monica no instante exato em que ela estava prestes a disparar contra a cabeça de Cassie. Scott transmitiu o comando de atacar, e tanto ele quanto as moscas foram para cima de Monica.

– Segura essa! – ele gritou, assustando Monica.

A mulher escancarou os olhos, chocada, quando Scott agarrou o capacete dela, arrancou-o de sua cabeça e o jogou para longe.

Ela foi ao chão, quase inconsciente – e sem o controle das moscas. Elas se afastaram de Scott e juntaram-se perto da janela. Scott, ainda encolhido, virou Monica caída de barriga para baixo. Depois, usando um pano de prato, amarrou as mãos da mulher atrás das costas.

Scott retornou ao tamanho normal e foi abraçar a filha.

– Tá tudo bem? O que você está fazendo aqui?

Cassie disse, se encolhendo:

– Hã, pai, por que você tá tão fedido?

– Longa história – ele disse. – Por que o Tony deixou você sair? Como sabia que eu tava aqui?

– Hã – ela disse, – é uma longa história também. Mas eu descobri o que aconteceu com as formigas.

Ela explicou que achava que havia desestabilizado algo na tecnologia de comunicação com as formigas ao fazê-la tentar funcionar junto ao seu cérebro.

Scott fitou Monica – deitada de lado, inconsciente –, depois fez uma varredura no software do traje, vendo os resultados que apareciam num display holográfico. Dito e feito: havia uma anormalidade nos circuitos de comunicação.

– Uau, acho que você está certa – disse ele. – Foi isso que aconteceu. A Monica não teve nada a ver com a história.

– Então como podemos consertar? Achei que o certo seria manter aberto agora, que nem um portal.

– Não, acho que é o oposto – Scott disse. – Tenho que consertar o software, depois enviar um sinal novo.

– Tem certeza de que vai funcionar? – Cassie perguntou.

– Não – Scott disse, – mas só há um jeito de saber.

Scott encolheu e convocou as formigas da região. Os insetinhos vieram rastejando das paredes; passaram por debaixo da porta da frente, dos fundos e do porão. Algumas estavam saudáveis; outras, obviamente infectadas pelo fungo.

– Cassie, venha até a sala de estar comigo – pediu Scott.

Ele pegou o controle remoto que encontrou na bolsa de Monica. Embora tivesse pouco mais de um centímetro de altura, arremessou facilmente o aparelhinho para a filha.

Ela o pegou.

– O que você está fazendo? – perguntou.

– É *você* que vai fazer. Se o cérebro e a imunidade das formigas foram afetados por isso, então talvez a gente possa consertar.

– O que tenho que fazer?

– Aponta isso aí pra mim e liga.

– Como faço isso?

– Deve ter um botão ou alavanca. Se aprendeu a usar meu traje, vai aprender a usar isso aí tamb...

Cassie já tinha aprendido.

Scott sentiu o mesmo tranco, só que dessa vez o traje não foi paralisado. Mais importante: as formigas que pareciam sofrer nas mãos do fungo começaram imediatamente a mostrar drástica melhora. Já estavam andando normalmente, não como zumbis.

– Deu certo! – disse Cassie.

Scott retornou ao tamanho normal.

Monica estava quase saindo da cozinha, rastejando pelo chão com os braços amarrados atrás das costas.

– Você está cometendo um erro, um erro daqueles – disse ela –, usando a sua tecnologia desse jeito. O que você ganha com isso? Você é um criminoso. Adora dinheiro. Trabalhe comigo. Podemos ser parceiros.

Então Scott reparou numa coisa estranha. As formigas e moscas estavam indo para cima de Monica. Foi uma combinação de ataque aéreo e terrestre: as formigas, talvez já às centenas, atacaram o corpo da moça, mordendo-a, enquanto as moscas atacavam do alto. Mais moscas e formigas entraram na casa, todas indo contra Monica, já que sabiam, por instinto, que era ela o seu maior inimigo, e que era preciso combatê-lo.

– Pelo visto, tá rolando um efeito colateral – disse Scott.

Monica tentou dizer alguma coisa, mas havia moscas e formigas por todo o rosto, e não pôde nem abrir a boca. Scott vestiu suas roupas casuais por cima do traje e saiu com Cassie da casa.

20

– VIRALIZOU TOTAL, pai.

– O fungo das formigas?

– Não, YouTube. Você já tem mais de um milhão de visualizações.

Scott suspirou, aliviado. Já tinha assistido ao clipe de quatro segundos de sua aparição como Homem-Formiga, emergindo do bueiro; pelo visto, o mundo todo já tinha visto. Era domingo à noite, e estavam ele e Cassie no apartamento. O fungo zumbi fora cerceado dramaticamente em um só dia, confundindo cientistas que não tinham conseguido determinar como ou por que o fungo começara a se espalhar.

Homem-Formiga era o grande herói. Ironicamente, o vídeo o ajudara: depois que a mídia local teve acesso, Scott recebeu todo o crédito por apreender Monica Rappaccini, a mulher responsável por quatro assassinatos e implicada no assalto que quase matara Roger Shelly, agente federal.

Scott passara a Carlos as informações referentes a Monica Rappaccini, o que lhe garantira a glória perante seus superiores no FBI. Scott contou-lhe que estivera na casa com Monica, e que o Homem-Formiga aparecera e o salvara. Ele achou que Carlos não acreditara muito na história, mas o policial estava satisfeito por a situação ter chegado ao fim. E não entrou mais no assunto.

Uma complicação: quando foi presa, Monica revelou aos federais que Scott era o Homem-Formiga. Scott esperava que isso fosse causar um surto de interesse nos repórteres e curiosos; chegou a pensar que teria de se mudar para um prédio de alta segurança. Até o momento, contudo, tirando os comentários de amigos das antigas no Facebook, que diziam coisas tipo "há" ou "parabéns!" e "eu sempre soube que você escondia alguma coisa", ninguém pareceu dar muita bola para a alegação. Scott recebeu convites para dar entrevistas a alguns blogs desconhecidos, mas não era nada como um programa famoso vir para cima dele ou alguém querendo fazer uma matéria de capa. Dali em diante ele teria de ser ainda mais cauteloso ao guardar a tecnologia do Homem-Formiga, mas não pôde deixar de sentir-se um pouco, digamos, bobo, por ter gasto tanta energia ao longo dos anos para manter seu segredo.

Ele não sentiu seu ego inflar. Preferia manter-se no anonimato, incógnito. A falta de atenção e agito, para ele, era uma bênção.

Mais tarde, Cassie estava no quarto quando Scott recebeu uma mensagem de Tony Stark.

Muito bom seu vídeo na internet, bro. A mulherada vai adorar

Scott sorriu e respondeu:

Olha só quem fala, o ganhador do prêmio de babá do ano

Tony devolveu com:

Foi mal, mas mesmo quando dou mancada eu acabo ajudando, bancando o herói. Acho que tenho um dom mesmo

Na manhã seguinte, Cassie veio tomar café da manhã de sainha curta e top justo.

– Vai à escola vestida desse jeito? – Scott perguntou.

– É normal – Cassie disse.

– Que seja – Scott disse. – Não vou julgar.

Cassie deu algumas colheradas no cereal e disse:

– É que, na verdade, eu vou sair com o Tucker depois da aula.

– Que bom – Scott disse.

– Você não liga?

– Não, só quero que você seja feliz – disse Scott. – Você tá crescendo, eu entendo. E não precisa me contar de todo menino com quem ficar. Tem que ter sua privacidade.

– Uau – Cassie disse. – Obrigada, pai.

– Mas ainda pode me chamar de papai. – Scott disse. – *Disso* eu gosto.

– Obrigada, papai – disse Cassie, sorrindo. – Quer que eu apague o aplicativo de rastrear?

– Não, tudo bem – Scott disse. – Não ligo de você saber onde eu estou o tempo todo. Na verdade, eu até gosto.

Cassie foi para a escola.

Um pouco mais tarde, Scott foi para o trabalho. Fazia um dia perfeito de primavera – 26 graus, céu aberto. Era agradável caminhar pela calçada arborizada do bairro, passar por todas as formiguinhas atarefadas e contentes, sem ficar pensando o tempo todo, para variar, se alguém ia tentar matá-lo.

No metrô, a caminho do centro, havia uma ruiva atraente sentada ao lado de Scott. Ela abriu um sorrisinho em certo momento, então ele achou que talvez ela também tivesse gostado dele.

Com toda a má sorte que tivera nos últimos dias, Scott hesitou em tentar puxar papo com ela. Contudo, não quis deixar que uma ou duas experiências negativas o desanimassem. Não via a hora de retomar sua vida normal.

– Oi, meu nome é Scott. Posso te fazer uma pergunta?

– Claro – disse a moça, sorrindo. Parecia contente por ele ter falado com ela.

– O que acha das formigas? – ele perguntou.

– Formigas? – Ela parecia confusa.

– É, sabe... o inseto mais importante da Terra. São incríveis, não é?

Scott sabia que a reação da moça deixaria bem claro se as coisas tinham realmente voltado ao normal.

No começo ela ficou só olhando, meio confusa. Depois fez uma careta, soltou um:

– Nossa, que maluco – e passou para o fundo do vagão.

É, tudo normal.

AGRADECIMENTOS

AGRADECIMENTOS

COMECEI ONDE MUITAS das coisas incríveis começam – em um barzinho do Brooklyn. Um enorme muito obrigado a todo o pessoal da Marvel, principalmente Stuart Moore, Axel Alonso, Jeff Youngquist e Sarah Brunstad. Ficar imerso no mundo do Homem-Formiga foi muito divertido, e certamente um momento importante da minha carreira. Agradeço muito também aos meus pais, por sempre me encorajarem, e aos vendedores de livros, bibliotecários e leitores, por tornarem tudo isso possível.

FONTE: Chaparral Pro

#Novo Século nas redes sociais